U0960513

大魚讀品
BIG FISH BOOKS

让日常阅读成为砍向我们内心冰封大海的斧头。

一个23岁的女孩，决定去火葬场上班

[美] 凯特琳·道蒂（Caitlin Doughty）——著
崔倩倩——译

Smoke Gets in Your Eyes & Other Lessons from the Crematory

中国友谊出版公司

图书在版编目（CIP）数据

一个23岁的女孩，决定去火葬场上班 /（美）凯特琳·道蒂著；崔倩倩译 . -- 北京：中国友谊出版公司，2024.11

ISBN 978-7-5057-5709-7

Ⅰ . ①一… Ⅱ . ①凯… ②崔… Ⅲ . ①纪实文学一美国一现代 Ⅳ . ① I712.55

中国国家版本馆 CIP 数据核字（2023）第 194130 号

著作权合同登记号　图字：01-2024-5701

Smoke Gets in Your Eyes by Caitlin Doughty
Copyright © 2014 by Caitlin Doughty
Published by arrangement with W.W. Norton & Company
through Bardon-Chinese Media Agency
Simplified Chinese translation copyright © 2024 by Beijing Xiron Culture Group Co., Ltd.
All Rights reserved.

书名　一个23岁的女孩，决定去火葬场上班
作者　［美］凯特琳·道蒂
译者　崔倩倩
出版　中国友谊出版公司
发行　中国友谊出版公司
经销　新华书店
印刷　河北鹏润印刷有限公司
规格　880 毫米 ×1230 毫米　32 开
8.75 印张　180 千字
版次　2024 年 11 月第 1 版
印次　2024 年 11 月第 1 次印刷
书号　ISBN 978-7-5057-5709-7
定价　52.00 元
地址　北京市朝阳区西坝河南里 17 号楼
邮编　100028
电话　（010）64678009

如发现图书质量问题，可联系调换。质量投诉电话：010-82069336

致我最亲爱的友人：

你们对我如此支持，可爱又亲切，

这是献给你们的一首另类俳句。

目录 | CONTENTS

作者的话

据一名目击了整个事件的记者称，一九一七年，在法国行刑队正要为玛塔·哈丽执行枪决时，这位因转型为“一战”间谍而声名大噪的艳舞女郎拒绝戴眼罩。

“我一定要戴上这个东西吗？”玛塔·哈丽瞥了一眼眼罩，转身问律师。

“如果夫人不愿意，那戴和不戴也没有什么区别。”律师答道，然后急忙转身离去。

于是，玛塔·哈丽既没有被捆绑，也没有被蒙住双眼。她镇定地看着那些刽子手，牧师、修女、律师纷纷从她身边离开。

直面死亡并不是一件轻松就能完成的壮举。为了逃避它的存在，我们选择被蒙上双眼，对临终和死亡的真实性视而不见。“不知即为福”在这里根本说不通，只是意味着一种更深入的恐惧。

我们尽可能让死亡远离自己，比如把尸体关在不锈钢门后，把弥留之际的病人塞进病房里。在隐藏死亡这方面，我们干得还真不赖，你甚至以为我们将会是第一代拥有不死之身的人。但我们不是。我们都将死去，这个结果我们知道。伟大的文化人类学家厄内斯特·贝克尔说过：“一直在人类心里作祟的，好像只有对死亡的恐惧，别无其他。”出于对死亡的恐惧，我们建造大教堂，繁衍后代，发动战争，凌晨三点上网看猫猫视频。死亡激发出我们作为人类所拥有的每一种潜能和毁灭欲望。我们越了解死亡，就越了解自己。

本书记录了我在美国殡葬行业头六年的工作经历。如果死亡和死尸的真实描写让你心生顾虑，那你还真是挑错了书。现在，请你仔细斟酌，是否要继续阅读。书里全部是真人真事，为保护当事人隐私和逝者身份，部分人名和细节略有改动（下三路猛料除外，我保证）。

注意！

闲人免进。

《加利福尼亚州行为准则》

第十六章第十二节第三部分一千二百二十一条

《安葬准备守则》

（a）以土葬或其他任何形式处理的人类遗体，

其准备及处理工作须在严格保密的情况下进行……

——殡仪服务机构公告牌

第一章 给拜伦刮脸

一个女孩永远都记得她刮过的第一张死人的脸。比初吻和失贞更尴尬的，也只有这个了。当你手里攥着一把粉色的塑料刮胡刀，站在一具老头的尸体前时，时间从未过得如此漫长。

在刺眼的荧光灯下，我盯着可怜的、一动不动的拜伦，足足看了十分钟。拜伦是他的名字，至少挂在他大脚趾上的标签是这么写的。我不确定拜伦是“他”（一个人）还是“它”（一具尸体），但是在亲密接触之前，我至少得知道他的名字吧。

拜伦是（或曾经是）一个七十多岁的老人，长着浓密的白发和白胡子。他一丝不挂——除了我围在他下半身的一条床单，我也不知道这样做是想保护什么。逝者的尊严，我猜。

他的双眼像两只泄了气的气球，就那样摊在眼眶里，望着无尽的深渊。如果情人的双眼是清澈的湖水，那拜伦的眼睛就是一洼臭池塘。他嘴巴扭曲，半张着发出无声的尖叫。

“嗯……嘿，麦克！”我在准备室呼唤我的新老板，“那么，我猜我该用点儿……剃须膏什么的？”

麦克走进来，从一个金属架上拿下一罐“霸烁”剃须膏，让我注意不要留下划痕。“你要是把他的脸划破了，我们可没有什么补救的办法。所以小心点儿，知道吗？”

好吧，小心点儿，好像我以前一直都很不小心“给别人刮胡子”似的。但我从来没给人刮过胡子。

我戴上胶皮手套，戳了戳拜伦冰冷、僵硬的双颊，抚过他长了好几天的胡楂儿。干这活儿真没有什么成就感可言。我从小一直以为，殡葬师是经过训练的专业人士，精通尸体处理，根本不用普通人动手。不知道拜伦的家人会不会知道，一个毫无经验的二十三岁女孩正拿着刮胡刀，准备给他们挚爱的亲人刮脸……

我试着把拜伦的双眼合上，但他布满老年斑的眼皮像百叶窗一样，刚闭上就弹开，好像非要看着我干完这活儿才行。我又试了一次，还是不行。“嘿，拜伦，我不需要你在这儿指手画脚。”没人回应我。

他的嘴巴也合不上。我可以用力把它合上，但几秒钟之后又弹开了。不管我做什么，拜伦都不打算做一个在午后享受刮脸的绅士，温顺地任由“剃须师傅”摆布。最后我宣布放弃，直接把剃须泡沫喷在他脸上，然后笨手笨脚地抹匀，活像《阴阳魔界》中用手指涂鸦的阴森的小孩。

“不就是个死人嘛，”我自言自语，“就是一摊腐肉，凯特琳，动物的尸体而已。”

但是，用这招鼓舞士气并不管用。拜伦才不是一堆腐肉，他曾经也是高贵、奇妙的生物，就像独角兽和狮鹫。他是圣洁和世俗的混合体，这会儿在生命与永恒之间的中转站，跟我困在了一起。

当我确信自己做不来这行时，已经太晚了。除了给拜伦刮胡子，我没有别的选择。我拿起那把粉色的刮胡刀，它就是这黑暗行当的必备工具。我胡噜一把脸，发出一声只有狗能听见的刺耳尖叫，便把刀锋贴在拜伦的脸上，开始了我给死人刮脸的职业生涯。

那天早上起床时，我根本没料到自己要给尸体刮胡子。别误会，我知道要跟尸体打交道，但不知道还要刮脸，因为那是我在西风火葬场担任火化工的第一天。这是一个家族经营的停尸所，或者叫殡仪馆。叫法不同，就看你是住在美国东部还是西部了。停尸所、殡仪馆，马铃薯、山药蛋，反正就是放尸体的地方。

我早早就跳下床——这可是从来没有的事，穿上长裤——我从来不穿长裤，蹬上铆钉靴。裤子太短，靴子又太大，我看起来可笑极了。但我得辩解一下，从没有人教过我烧尸体时应该怎样打扮。

我的公寓位于隆德尔大街上。我出门的时候，太阳刚刚升起，阳光照射在地上废弃的针头和尿渍上。一个身穿蓬蓬裙的流浪汉把一个旧轮胎拉进巷子，准备把它当成临时厕所解决内急。

我刚搬到旧金山时，花了三个月的时间找房子，最后碰到了佐伊。她是一个刑法专业的学生，还是个“蕾丝边”，愿意给我提供容身之所。现在，我俩合住在她位于宣教区的粉色复式公寓里。我们家一边是个颇受欢迎的墨西哥餐厅，另一边是个名叫“良宵”的酒吧，因拉丁裔异装癖和吵闹的墨西哥乡村音乐而出名。

我沿着隆德尔大街走向地铁站时，街对面的一个男人敞开外套，暴露出他的下体。“甜心，你觉得我怎么样？”他得意扬扬地朝我甩着下体。

“老兄，你可得努把力了。”我回答道。他的脸耷拉下来。我在这儿住了一年，对他这套把戏真心感到腻味。

我从宣教区坐上地铁，穿过海湾大桥来到奥克兰，在离西风火葬场几个街区的地方下车。从车站步行十分钟，就能看见我工作的地方了。它看起来太不起眼了。我没想过火葬场应该长成什么样——大概和我奶奶的客厅差不多大，再摆上几台冒烟的机器。但站在黑色的铁门外看，西风火葬场简直乏味得不可救药——奶白色的外墙，只有一层楼。要是有两层，它和保险公司根本就是一个样。

门口挂着一个小牌子：“请按铃。”于是，我召唤出所有勇气，按了门铃。几分钟之后，门打开了一条缝，麦克——火葬场经理兼我的新老板出现了。在这之前，我只见过他一次，误以为他是个毫无恶意的老好人——四十岁左右，谢顶，中等身材，穿一条卡其裤。虽然他穿卡其裤看起来和蔼可亲，但本尊可有些吓人。他透过眼镜狠狠地打量我，估算着雇用我是个多么大的错误。

“嘿，早上好。”他冲我说道，语调平淡，几个词和喘气声混在一起难以辨别，感觉就是说给他自己听的。他打开门，转身走进屋里。

我尴尬地在门口站了一会儿，才发觉他的意思是让我跟进去。我进了门，走过好几个拐角。一阵沉闷的声响回荡在走廊里，声音越来越大。

这栋平淡无奇的建筑后面是一大间库房，声音就是从那里发出来的——具体来说，声音来自两台敦实的大型机器。这两个玩意儿就像死神版的特威丹和特威帝[1]，趾高气扬地占据着房间的中心位置。两台机器由波纹金属制成，顶端的烟囱一直伸向屋顶外。每台都有一个上下推拉的炉门，不断咯咯作响，像在讲述有关工业时代的寓言。

这应该就是火化机，我想。里面正烧着人呢——真正的死人哦。虽然还未亲眼看到尸体，但一想到他们就在附近，我就超级兴奋。

“这是火化机吧？”我问道。

“整间屋子只有它们，不然就是见鬼了，对吧？”说完，麦克埋头走了出去。

你也许会问，像我这种安分守己的女孩，在这种“毁尸灭迹”的地方做什么？但凡头脑正常的人都会去当银行柜员或幼儿园老师，才不会选择火化工这一行。而且，柜员和老师这类工作更好找。一个二十三岁的年轻女孩竟如此渴望从事殡葬业，想想都觉得可疑。

---

1 英语童谣以及《爱丽丝梦游仙境》中的虚构人物。两人是孪生兄弟，难以区分。

上网找工作时，我紧盯着电脑，专心搜索“火化”“火葬”“停尸所”“殡仪馆”这些关键词，得到的答复都是——如果真有人回复——“请问，你有火化尸体的经验吗？”殡仪馆貌似特别看重经验，好像谁都能在上高中时学到火化尸体这门手艺似的。在被西风火葬场录用前，我用了六个月时间找工作，投了一大沓简历，但都被“抱歉，我们录用了一个资质更好的人”这样的说辞拒绝了。

我与死亡一直纠缠不清。小时候，我得知人类终究难逃一死时，便由衷地感到恐惧，但又怀有病态的好奇，这两种情绪轮番占据我的心灵。后来，我长大了些，总是躺在床上等妈妈开车回家，一躺就是好几个小时，想象着她已然横尸在高速路上，鲜血喷溅得到处都是，眼镜碎片全都扎进睫毛根部。我彻底“沉沦”了，痴迷于死亡、疾病和一切与黑暗有关的东西，但我伪装得很好，大家都以为我是个乖乖女。等到上大学，我就露出了本来面目，毫不犹豫地念了中世纪历史专业，四年的光阴都花在诸如《来自冥界的幻想和传说——解读帕果帕果原住民的死亡观》（凯伦·堡姆加特博士，耶鲁大学，二〇一四）这类学术论文上。我对与死亡相关的一切欲罢不能——尸体、仪式、悼念。我在学术领域确实专心钻研了好一阵，但还不够，我需要更实际的东西——

真实的尸体，真正的死亡。

“今天没时间教你用火化机了，你帮我个忙，把这伙计的胡子刮了。”他命令道，语气还是那么冷漠。显然，在这具尸体火化前，他的亲人还想再见他一面。

麦克把尸体推进一间白色的无菌室，示意我跟过去，告诉我这就是“准备室”。他走到一个大大的金属柜子旁，从上面拽出一把粉色刮胡刀，递到我手里，然后转身离开。这已经是他第三次从我面前消失了。“祝你好运。”他头也不回地说。

我说过，我压根儿就没想到要给尸体刮脸，现在只能硬着头皮上了。

虽然麦克没在屋里，但他正密切地关注着我的一举一动。他在考验我，让我知道这里的上岗培训残酷得很：你要么能干，要么不能干。我是个新来的“菜鸟”，只有一个选择——不是留下就是走人。没有握手寒暄，没有学习曲线，没有试用期。

几分钟后，麦克回来了，站在我身后看了看，说：“瞧，这个地方……不，你得顺着胡子生长的方向，一点儿一点儿刮。这就对了。”

我刮掉拜伦脸上最后一丁点儿剃须膏后，他的脸庞光滑得就像婴儿，看不到任何伤口和胡楂儿。

快到中午时，拜伦的妻子和女儿来了。拜伦躺在西风火葬场的悼念室里，身上盖着白布。他旁边的一盏落地灯发出玫瑰色的灯光，温和地洒在他脸上——这比备尸间里强烈、刺眼的荧光灯强多了。

我给拜伦刮完胡子后，不知麦克用了什么法子，拜伦的眼睛和嘴巴竟然闭上了，估计这是殡仪人员特有的技能。现在，这位先生沐浴在玫瑰色的灯光里，看上去是那么安详。我总担心会有人在悼念室里大喊大叫，嚷嚷着“上帝啊，他们竟然把他的胡子刮得这么难看”。但我没听到有谁这么说，心里一下子踏实了许多。

听拜伦的妻子说，他当了四十年会计。看来他是个讲究人，应该会感激我的细心服务。他没能逃脱肺癌的魔掌，临终前连下床上厕所都困难，更别提拿剃须刀刮胡子了。

他的家人离开后，我们就要安排火化。麦克把拜伦推进火化机的“血盆大口”，然后灵巧地操作起控制台。两个小时后，炉门被打开了。拜伦的尸体化成了灰烬，闪烁着红色的火星。

麦克递给我一把用金属做的耙子，向我演示如何把遗骸从炉子里掏出来。正当我们把骨灰倒进骨灰盒里时，麦克的电话响了。天花板上的喇叭传出震耳的铃声，生怕机器运作时大伙儿听不见电话响。

麦克把他的护目镜扔给我，说道："你把剩下的掏出来，我去接电话。"

我立刻照他说的去做，结果发现拜伦的头骨竟然完好无损。我打量了一下四周，确保没有人看见（不管活人还是死人），才小心翼翼地伸出耙子去够。它离我越来越近，我一伸手，就把它从炉门口捡了出来。头骨还是热的，上面布满了骨灰，摸起来却挺光滑。虽然我手上戴着工业专用手套，但我仍能感受到平滑的触感。

拜伦用了无生气的眼窝瞪着我，我试图回忆两个小时前他还没有被火化时的模样。鉴于我俩是"剃须师傅"和"客人"的关系，我理应记得他的长相。但是，他的面容、他的身体从我的脑海中消失了。就像诗人丁尼生说的，自然母亲用她的"腥牙血爪"毁灭了她创造出的每一种生灵。

化成无机粉尘的骸骨是那么脆弱，我刚想仔细瞧瞧头骨的侧面，整颗头颅就一下子在我手里裂开，灰烬顺着我手指的缝隙滑落。拜伦，这位父亲、丈夫、会计，彻底变成了过去式。

晚上我回到家，室友佐伊正坐在沙发上哭个不停。不久前，她在危地马拉背包旅行，和一个有妇之夫坠入爱河，现在因为这个男人伤透了心（这件事打击到的不仅是她的自尊心，还有她的性取向）。

“上班第一天，你感觉如何？”她含着泪问我。

我跟她吐槽麦克，说他就喜欢不动声色地暗中评判我，还跟她讲给尸体刮脸的初体验，但我不准备告诉她拜伦头骨的事。在那非常时刻，我感到有一股奇特、诡异的力量，把我变成了浩瀚宇宙中的人骨粉碎机。这是我的秘密。

当“良宵”酒吧传出吵闹的音乐声时，我就该睡觉了。我躺在床上，不禁想到了自己的头骨。如果有一天，我作为凯特琳所拥有的一切，如我的眼睛、嘴唇、头发、四肢和躯干，全都化成了灰，那我的头骨会怎样？说不定它也会被一个二十来岁、戴着手套的倒霉孩子弄碎。嗯，就像我干过的那样。

第二章 惊喜礼盒

在西风火葬场上班的第二天，我见到了帕德玛。我不想用“恶心”一词来形容她，“恶心”是个简单的词语，没什么内涵，帕德玛更像是恐怖电影中的某个角色，比如《复活的女巫师》里的女一号。她躺在火化用的纸箱子里，只要看她一眼，你的内心就会咆哮：“哦，我的老天爷！哦，天哪……这……我为什么要来这种地方？这到底是什么？谁来给我解释一下？”

从血统上讲，帕德玛是斯里兰卡和北非的混血儿，高度腐烂导致她深色的皮肤黑得不像话。她披头散发，头发毛糙得都结成了团，乱糟糟地支棱着。一片浓稠、黏腻的白色霉菌像一张蜘蛛网，从她的鼻孔向外蔓延，盖过她的眼睛和大张的嘴巴，足足遮住了半张脸。她的左胸陷了进去，让我不免怀疑，她的心脏被人在神秘的仪式中挖走了。

帕德玛患有一种基因缺陷引起的罕见病，三十岁出头便香消玉殒。为了让医生进行试验，查明死亡原因，她的遗体在斯坦福大学医院保存了好几个月。等她被送到西风火葬场时，尸体几乎呈现出一种超现实状态。

在我这种外行人看来，帕德玛的尸体确实有些恐怖，但我不能像只受惊的小鹿似的跑开。火葬场经理麦克说过，拿钱就得干活，死尸没什么好怕的。我急于向他证明我能胜任这份工作。

她的脸发霉了，对吧？哦，是的。这种情况我以前见多了，她还不算最糟的，真的。我真想用殡葬专业人士的权威口气这样说。

如果没见识过帕德玛的尸体，你会觉得死亡总是那么“迷人”。想象一下维多利亚时代的肺病娇娘，一滴鲜血刚从粉嫩的嘴角滑落，就一命呜呼了。在自己的心上人安娜贝尔·李突然离世而被埋进墓穴时，爱伦·坡这位大情圣无法坐视不管。于是，他“整夜都躺在我爱人身旁，我的爱，我的生命，我的新娘，在大海边她的石墓里——在海边她的墓地”。

情人眼里出西施，安娜贝尔·李的尸体不仅精致，还很光滑。文中真该提到，爱伦·坡躺在爱人遗体边伤心欲绝时，还得忍受尸体浓烈的腐臭。

不仅仅是帕德玛，西风火葬场的日常工作都比我想象的野蛮。我每天早上八点半开工，启动西风火葬场的两个“火化炉”——这是行业内对火化机的专业叫法。按照说明（这张纸我随身带了一个月），我笨手笨脚地在操作台上鼓捣，感觉像在操作二十世纪七十年代科幻小说中出现的机器。灯亮了，红色代表温度，蓝色代表点火，绿色代表气流供量。火化炉启动前，是一天之中最为宁静祥和的时候，听不到噪声，感觉不到热流，也没有压力，只有一个女孩和几具准备火化的新鲜尸体。

火化炉一旦被启动，宁静的时刻就此结束，操作间随即转入地狱模式。屋里又闷又热，机器轰隆隆响，像魔鬼在喘粗气。为了不打扰那些正在殡仪馆里悼念亲人的家属，墙上铺满了银色的隔音材料，鼓鼓囊囊的一大片，有一种太空飞船的即视感。

当炉内温度达到一千五百华氏度时，就可以把尸体放进去火化了。每天早上，麦克都会把一沓加利福尼亚州尸体处理许可证堆在我桌子上，给我安排当天的工作。我挑出两张许可证，然后不得不去“冷库”找出对应的尸体——“冷库”其实是一个步入式冷藏间，专门用来保存遗体。我迎着刺骨的寒气，走到一摞高高堆起的纸箱跟前，每个箱子上都贴着一个写有姓名和死亡日期的标签。冷库里弥漫着一股冷冻死亡的气味，这味道虽然难以形容，但足以让你记一辈子。

我猜冷库里的人生前应该没什么交集：因心肌梗死而离世的黑人老汉，患有卵巢癌而去世的中年白人母亲，在殡仪馆不远处中枪身亡的拉丁小伙……现在，死亡把他们召唤到一起，像开某种联合国峰会，一同探讨虚无的意义。

走进冷藏间之前，我暗自向老天发誓：如果我要找的尸体没被放在底层，我就立志做一个更好的人。那天上午，第一个要火化的是马丁内兹先生。理想的情况是，马丁内兹先生正好在最上方的箱子里，我轻轻松松就能把他弄到液压担架车（即轮床）上。但我懊恼地发现，他被压在威拉德先生、长崎女士和谢尔顿先生的下面。这就意味着我得把他们这些人搬出来再码回去，搞得像是在玩俄罗斯方块——只不过是尸体版的。

一番折腾之后，我终于把马丁内兹先生搬上了轮床。然而想推着他返回火化间，还得闯过最后一关，就是穿过冷库门上挂着的塑料门帘（洗车房和食品冷冻库用的那种）。门帘用厚实的塑料片制成，防止冷气流失。这道门帘是所有人的劲敌，穿过它就像穿过动画片《睡谷的传说》里的黑森林，一不留神就会被浓密的树枝紧紧缠住。我恨透了用手掀开帘子，总觉得上面不仅沾满了细菌，还吸附了众多饱受折磨的灵魂。

人一旦被门帘缠住，就很难找到合适的角度把轮床推出去。我用力一顶，只听见熟悉的“哐当”一声，轮床重重地撞在了金属门框上。

麦克走进来时，正好看到我被撞了个趔趄。他从我身边经过，朝准备室走去。见我来来回回地把马丁内兹先生推来推去，他开口问道：“需要帮忙吗？你一个人没问题？”他一边的眉毛高高挑起，好像在说“是个人都看得出来，你根本搞不定”。

“不用，我能搞定！”我欢快地回答，一把拨弄开糊在脸上的门帘，急忙将轮床推进火化间。

我总是拿“不用，我能搞定”来回答别人。我需要有人帮忙给前院的花园浇水吗？“不用，我能搞定！”我需要有人帮我把肥皂打在某人手上，好让他的粗手指戴上结婚戒指吗？“不用，我能搞定！”

我把马丁内兹先生从冷库安全运出后，接着要做的就是打开箱子，这可是这项工作中最棒的一个环节。

在我看来，打开装有遗体的箱子和打开装有毛绒玩具的礼盒差不多，就是二十世纪九十年代流行的那种“狗狗惊喜礼盒”——小姑娘们的最爱。在“惊喜礼盒”的广告中，一群五六岁的女孩围在一起，她们打开一只毛绒小狗的肚子，惊喜地发现里面有好多小宝宝。宝宝数量越多，她们就叫得越欢，里面可能有三只、四只，甚至五只！这就是所谓的惊喜。

尸体也可以带来同样的惊喜。你每次打开纸箱，里面可能是一位无疾而终的九十五岁老太太，也可能是一个在建材城的角落里死了八天才被发现的三十岁青年。打开每个箱子都意味着一次新的冒险。

如果箱子里的尸体不太对劲儿（回想一下帕德玛那张发霉的脸），我就会好奇心大发，偷偷查阅和点击死亡注册系统、验尸官报告以及死亡证明。这些手续缺一不可，虽然有些官僚，却包含了大量关于死者的信息，特别是他们死亡的信息，讲述了他们是如何从生者的世界来到火葬场与我相伴的。

马丁内兹先生只是一具普通的尸体，非要我打分的话，也就是三个宝宝的惊喜度。他是拉丁裔，六十多岁的样子，很可能死于心脏病。他的皮肤下有块凸起，隐约能看到心脏起搏器的轮廓。

火葬工之间流传着一个说法——如果不把遗体里的心脏起搏器摘掉，里面的锂电池就会在火化过程中爆炸。这玩意儿的威力不亚于一个小炸弹，轻而易举地就能炸掉火化工的半张脸。不过，没人愿意把尸体烧那么久，所以这种说法的真实性就不得而知了。我回到准备室，打算用防腐工的手术刀把心脏起搏器取出来。

我拿刀对准心脏起搏器所在的位置，在马丁内兹先生的胸前划了一个“十”字。刀刃相当锋利，却没能划破他的皮肤，连个口子都没留下。

不难理解，医学院之所以让学生在尸体上练手，是想降低学生对尸体造成痛苦的敏感度。虽然只是个“迷你手术”，但我确定马丁内兹先生正处于剧痛之中。我们活人总觉得死人和自己一样，也是能感知到痛苦的，即使他那双毫无生气的双眼已经告诉我，他和我早就阴阳两隔了。

麦克上周给我演示过如何拆除心脏起搏器，看上去一点儿都不难。但人类皮肤不是一般的结实，下手时要比想象的更用力才行。我的技术太差，我得向马丁内兹先生道个歉。我拿刀一通猛戳，制造出不小的动静，最后终于在一堆黄色的块状组织中看到了起搏器。我一下子就把它挑了出来。

既然我已经顺利地找到了马丁内兹先生，把他从冷库中运出来，还清除了他身上所有可能爆炸的电池，那么是时候送他去接受火焰的洗礼了。我把传送带连上火化炉，按下按钮，传送带自动把遗体送进炉内。整个过程如同流水线，一气呵成。金属炉门一关，我就来到科幻感浓郁的操作台前，调整好气流强度，然后点火。

尸体燃烧时，我就没什么特别的活儿要干了。我密切地注视着炉里温度的变化，时不时把炉门打开一条缝，看看火化的进度。炉门很重，每次打开时都发出“哐啷”的声音，像是在说“小心别被里面的样子吓着，美人儿”。

四千多年前，印度教《吠陀经》中提到，火化可以让灵魂从不洁的尸体中解脱出来。头骨裂开的一刹那，灵魂即被释放升天，前往先人所在的极乐世界。这个说法很动人，但如果没怎么碰到过焚烧人类尸体的情况，你肯定会被眼前的场景恶心到想吐。

我第一次查看尸体火化的进度时，打心眼儿里觉得自己在犯罪——虽说这是西风火葬场规定的操作流程。不管你看到过多少张重金属唱片封面，欣赏过多少幅希罗尼穆斯·博斯的《地狱行刑图》，或者观看过多少次“夺宝奇兵”系列电影里纳粹的脸被融化的镜头，尸体火化时的模样仍有些让人惊心动魄。一颗熊熊燃烧的头颅几乎超乎你的所有想象。

遗体进入火化炉后，首先烧起来的是纸箱，或者叫“可替代容器”——这是殡仪馆账单上的写法。箱子很快就会化为灰烬，将尸体毫无保留地交给地狱之火。待有机物质烧光后，尸体便开始发生巨大的变化。构成人体百分之八十的水分快速蒸发，软组织被吞噬得一干二净，尸体最后完全碳化，焦黑一片。在这漫长的过程中，人生前的所有特质逐一消失殆尽。

如果说我对这份工作不曾抱有什么幻想，那绝对是个谎言。我以为只要把尸体丢进其中一个大机器，就可以舒舒服服地跷起脚丫，一边吃草莓一边看小说，那些可怜的人就在里面烧着吧。下班后，我会坐地铁回家，一路上想入非非，试图理解死亡深层的含义。

在西风火葬场工作了几周后，吃草莓的想法便被一系列更基础的问题取代，比如：什么时候吃午饭？我身上还能洗干净吗？只要你在火葬场工作，身上就不会干净，到处都落着一层薄薄的尘埃，全是死人的灰烬和工业粉尘。那些你认为绝不会沾上脏东西的地方也难逃一劫，比如鼻腔的最深处。每天一到中午，我就像个卖火柴的小女孩，一副在十九世纪街头卖杂货的鬼样子。

有时，骨灰会沾在我的耳后和指甲里。这可不怎么好受，但我也因此被领入了一个与殡仪馆外部完全不一样的世界。

“9·11 事件”发生时，大原安桥是纽约市一个禅宗冥想室的住持。双子座轰然倒塌，伴随着尖叫和金属撞击的声音。“那股气味在事发几周后都没能散开，你以为自己吸进去的是人的焦味，不是空气。”她说道，“那是一种所有东西都混合在一起的味道，包括人、电子设备、石头、玻璃……一切一切。”

大原的描述甚是吓人，但她建议人们不要逃避，反而要观察、承认死亡的存在——“这样的事情一直在发生，只不过我们以前没有看到。但我们现在看见了，闻到了，感受到了，也体验过了。”在西风火葬场，只要是第一次经历，我都会去看，去闻，去感受，去体验。这是与现实接触的最佳方法。很快，我就上瘾了。

回到前面提到的基础问题：什么时候吃午饭？在哪儿吃？我只有半个小时的午餐时间。我没法在大厅里用餐，生怕死者的亲属看到我大快朵颐地吃着炒面。请试想一下：前门悠悠地打开，我猛然抬起头，双眼大睁，嘴里嚼着几根面条。我也不能在火化间吃，我可不想让那些灰尘污染了我的外卖。那么，就只有小教堂（如果里面没有摆放遗体）和乔的办公室可以去了。

虽然麦克负责运营整个西风火葬场，但它是由乔一手建立的。乔（又名杰昆）是西风火葬场的所有人，我从没见过他——我火化我的第一具尸体时，他已经退休了，把火葬场交给麦克打理。乔似乎成了一个可有可无的人。他虽然很少现身，却像个幽灵似的挥之不去。乔在无形中控制着麦克，盯着他干活，让他没工夫偷懒。麦克也是这么对我的。麦克和我一样，对自己老板的监视感到有些别扭。

乔的办公室没有人用——那是一间没有窗户的屋子，到处都是盒子。盒里装满了陈旧的火化许可证，记录了都有谁在西风火葬场走到了人生终点站。乔的照片依然挂在桌子上方：他个子很高，脸上坑坑洼洼，长满了麻子，留着浓密的黑色胡须。他看起来可不好惹。

我缠着麦克，让他给我爆些乔的小料。麦克拿出一份褪了色的本地周报，封面上印着乔的照片，整版都是。照片上，乔双手交叉放在胸前，身后是西风火葬场的火化机。乔看上去还是不太好惹。

“这是我在档案柜里发现的，”麦克说，“估计你会喜欢。报纸把乔写得像个反叛的火葬拥护者，和官僚斗智斗勇，最终取得了胜利，跩得很。”

麦克说对了，我的确喜欢。

“旧金山人对这种故事特别买账。”

乔曾经是一名旧金山警官，在我入职的二十年前成立了西风火葬场。他原计划经营多金的海葬业务，为此特意购买了一艘船，将其休整一番，以便载着死者的亲属往返于旧金山湾。

“好像是他亲自把船从中国或者其他什么地方开回来的，我记不太清了。”麦克说道。

然而在途中，负责往舱里储备食物的伙计犯了大错，船沉了。

“是这样的，当时乔站在码头上，一边抽烟一边看着船沉了下去。他对自己说，塞翁失马，焉知非福？说不定可以用保险赔偿款买几台火化机。”麦克继续说道。

第二年，乔创建了西风火葬场，成为一名小企业主。他发现旧金山殡葬学院与旧金山市政府签署了多年合作协议，帮市政府处理无家可归者和穷人的尸体。

根据麦克的说法，殡葬学院的“处理”方式就是把尸体当作教学工具，根本不做任何防腐，但防腐费照收。

二十世纪八十年代，殡葬学院每年都要求政府超额支付一万五千美元。作为一个出色的商人，乔给出了更优惠的价格，每具尸体比殡葬学院便宜两美元，于是顺利拿到了政府的合同。所有无人认领的、贫困人口的尸体，全部交由西风火葬场处理。

乔大胆的举动激怒了旧金山市法医办公室。据报道，博伊德·斯蒂芬是当时在任的法医官，和本地殡仪馆的交情仅限面子上的礼尚往来，跟旧金山殡葬学院的关系不错，后者刚被乔抢走了生意。西风火葬场不断遭到骚扰，市检察机构一周过来好几次，揪着一些无关痛痒的问题不放。市政厅解除了与西风火葬场的合约，对此没做出任何解释，也没有提前通知。乔一纸诉状，把旧金山市法医办公室告上了法庭，最终赢了官司。故事结尾，西风火葬场的生意红火，殡葬学院从此出局。

算上午饭时间，马丁内兹先生已经在火化炉里待了一个多小时，得把他弄出来了。他被送进机器里时，脚先入炉。这样一来，炉顶喷射出的火焰就能直接加热他的胸腔。胸腔是人体最厚实的部分，火化需要的时间最久。当胸腔开始燃烧时，就得把尸体前移，准备烧下半身。我戴上工业手套和护目镜，拿起那把值得信赖的金属耙子，说干就干。我把炉门打开差不多八英寸[1]，将耙子伸入熊熊烈火，小心翼翼地钩住马丁内兹先生的肋骨。刚开始我很难找准位置，一旦掌握好耙子的角度，就能找到最硬的那根肋骨下手。钩住他之后，我快速向外一拉，新一轮火焰喷发而出，点燃了尸体的下半身。

当马丁内兹先生化为一堆闪着红色火星的灰烬时——注意，一定得是红色的，黑色的话就意味着“没烧透”——我关掉机器，等温度下降到五百华氏度，再清理炉膛。耙子可以用来对付大块儿的骨头碎片，但优秀的火化师会用一把

1　1 英寸约等于 2.54 厘米。

细齿的金属刷清理那些细小的灰末。心态良好的话，你都能扫出禅的韵味，像佛教僧人耙平沙滩花园那样，轻轻扫，轻轻扫。

我把马丁内兹先生的骨头碎片盛入一个金属筐，来到火化间的另一头，将它们倒在一个狭长的托盘上。托盘类似考古挖掘用的那种，便于寻找人们生前植入骨头里的金属物件，比如人造膝盖、人造胯关节、牙齿填充物等。

必须把这些东西全部移除，因为一会儿还要用骨灰研磨机处理骨头碎片，这是火化的最后一道工序。“骨灰研磨机”听起来像动画片里的反派人物或怪物卡车的名字，说白了，就是个骨头搅拌机，和电饭锅差不多大。

我把碎片扫入研磨机，定时二十秒。随着高速旋转的声音传来，骨头随即变成了灰土状，专业的叫法是“遗灰”。按照加利福尼亚州的规矩（确切来说是法律），马丁内兹先生的家人只能拿到盛在瓮里的白色骨灰，而不是块状遗骨。遗骨会让人伤心地意识到，马丁内兹先生曾经也是个有血有肉的人，现在却成了骨灰盒里的抽象存在。

不过，并不是所有文化都忌讳遗骨。公元一世纪，罗马人用松树枝堆砌成柴堆，直接把尸体平放在顶层，将柴堆点燃。火化结束后，哀悼的人们纷纷收集遗骨，把它们泡在牛奶里用手洗净，然后放入骨灰瓮中。

如果你认为只有纵情声色的古罗马人才会清理遗骨，那就大错特错了。在当代日本的死亡仪式中，遗骨扮演了很重要的角色。在“捡骨”仪式中，入殓师围坐在火化炉边，从炉膛中取出骨头碎片，放在茶几上。死者的亲属用长长的筷子，将遗骨一片一片夹入骨灰瓮。最先夹起的是足骨，然后一点点往上，最后才到头骨。只有这样做，亡者才能迈着坚定的步伐走向永恒。

西风火葬场的火化间里可见不到什么亲属，只有马丁内兹先生和我两个人。英国人类学家杰弗里·戈尔在著名的《死亡之色情》一文中写道：“大多数时候，人们之所以选择火葬，是因为火葬比土葬能让逝者消失得更加彻底。”我和马丁内兹先生非亲非故，却负责打理他的丧事，只有我一个人为他“捡骨”。在古代，死亡仪式极其讲究，要选择特定之人和良辰吉日，全世界都是如此。像我这种只接受过几周火化炉操作培训的人，却掌控着他在人世间的最后一程，实在有些说不过去。

我把马丁内兹先生的骨灰倒入一个塑料袋，拧几下系好，放进棕色的塑料骨灰盒。我们在等候室摆了一些更高级的骨灰瓮——镏金的，边上还镶有贝壳做的白鸽。和其他大多数人一样，马丁内兹先生的家人没有选择这款。

我在标签上写好他的名字，贴在承载他永恒之身的器皿上。我对马丁内兹先生做的最后一件事，就是把他放到桌子上方的架子上。他和其他棕色盒子待在一起，静静等候自己的家人。下午五点，我已完成今天的任务，成功地把一个人从尸体变成骨灰。带着满身的人类粉末，我下班了。

第三章 坠落的声音

有人说，你的第一个宠物的名字和你长大的那条街的名字拼在一起，就是你在色情界的艺名。这么说的话，我的艺名应该是刺客 · 蒲南蕾。我绝对没有进军色情界的打算，但这个名字值得我冒险一试。

在夏威夷卡内奥赫一条名叫蒲南蕾的小巷里，我度过了人生的第一个十八年。我家的房子坐落在热带岛屿上，虽然房子看着普通，但周边的景色极佳：一边是壮阔的山脉，一边是蔚蓝的海湾。在椰子成熟的季节，你得沿着走道一路小跑，免得被熟透的椰子砸个正着。

蒲南蕾的生活闲散、安宁，像一盆永远不会变凉的洗澡水，一成不变地继续着：敞篷货车的后视镜上挂着头戴羽毛的印第安勇士头像，当地的夏威夷快餐厅供应意大利面和照烧牛肉，海岛音乐电台播放着嗡嗡作响的尤克里里曲子……空气总是湿漉漉的，但温度永远不会高过你的体温。

在我五岁那年，“刺客”被装在灌有过滤水的塑料袋里，从柯欧劳宠物商店来到我家。我们把它放在客厅蓝色的鱼缸里，里面铺了一层橘黄色的砾石。我父母给它起名叫“刺客”，名字源于柯蒂斯·梅菲尔德的同名金曲，但我可不认为我的鱼和歌里的主人公一样，曾经在贫民窟惹是生非。

在蒲南蕾住了没多久，“刺客”就染上了多子小瓜虫病，也叫“白点病”，这种寄生虫会让水生生物慢慢死去。“刺客”的鳞片上冒出大量白斑，它不再游来游去地玩耍，而是半死不活地漂在水里。接下来的几周，它的身体从鲜艳的金黄色逐渐变为灰暗的白色。一天早晨，它终于游不动了。我妈起床后，发现它的小尸体正浮在水面上。为了不吓到我，她决定晚上回家后再给她的女儿进行第一次“死亡教育”。

晚上，我妈让我坐到她身边，一脸严肃地握住我的手：“甜心，我想告诉你一件事，是关于‘刺客’的。”

“好的，母亲。”

我叫的也许是“妈”或者“妈咪”，但在我的印象里，我小时候是个标准的英式淑女，举止非常优雅。

“‘刺客’生病死了。我今早发现它时，它已经一动不动了。”她说。

“不，母亲。它没死，”我坚持道，“‘刺客’还活着。”

“宝贝，我很抱歉。我也希望它没死，但它真的死了。”

“不对不对，你快过来看！”

我把我妈领到鱼缸旁，一条白色的鱼漂在水面，纹丝不动。“瞧，凯特琳，我现在要捅它一下，你就知道我的意思了，好吗？”她挽起袖子。

她刚要碰到“刺客”的“小尸体”时，只见“刺客”快速向前一冲，绕着鱼缸四处乱窜，急于躲开那只“不怀好意”的人类的手指。

“我的老天！”我妈尖叫一声，惊恐地看着“刺客”游来游去，一点儿也不像条死鱼。

我爸在她身后笑出了声。

“约翰，你都干了些什么？”她捂着胸口说道。

其实那天早上，我爸在我妈起床之后才起来，像往常一样喝了杯咖啡，然后径直把“刺客”扔进了马桶。他带我来到柯欧劳宠物商店，买了一条健康的白色小鱼，样子和生病后的“刺客”一模一样。回到家后，我们把它放进鱼缸，它短暂“鱼生”的唯一目的就是把我妈吓出心脏病。

它做到了。我们给它起名叫“刺客二世”，而我学到的关于死亡的第一课就是伪装死亡。

除了可怜的“刺客”（还有“刺客二世”，没过多久，它也死了），童年时代的我大多从动画片和恐怖电影里见过“死”这回事。我很小就学会了快进录影带，凭着这个本事，我跳过了《小鹿斑比》里斑比母亲死去的画面、《小脚板走天涯》中小恐龙妈妈殒命的场景、《爱丽丝梦游仙境》里“砍掉他的脑袋”的镜头。没有什么能吓到我。我被这股力量冲昏了头脑，以为自己能“快进”一切。

直到有一天，“死亡”不再受我控制。记得八岁的一个晚上，我准备参加温沃德购物中心举办的万圣节化装比赛，那里离我家只有四个街区。我从旧货店买了一条闪亮的蓝色长裙，执意要打扮成小公主。但我很快发现，“公主”这种装扮太没创意，毫无胜算可言，于是决定放手一搏——要么吓死人，要么被人吓。

我从衣物箱里翻出一顶长长的黑色假发。这个道具我后来用过好几次，比如戴上它假扮成艾拉妮丝·莫莉塞特，用我家二十世纪八十年代的摄像机自导自演了《你应该知道》的 MV。我戴好假发，在上面别了一个破碎的皇冠头饰，又弄了些假血——只需要几道喷溅的血迹即可。大功告成，我把自己塑造成了一个僵尸舞会皇后。

轮到我上台展示时，我绊了一跤，摔倒在舞台中间。大赛主持人手拿麦克风，问我装扮的是什么角色。我模仿女鬼的腔调，断断续续地说：“他……抛弃……了我，他要付出……代价……我是……僵尸舞会皇后。”评委被我的声音打动了。我赢了，领到七十五美元奖金——我算了算，足够买好多好多画片，多到令人恶心。如果一九九三年时你是一个小学三年级的学生，还碰巧住在夏威夷，那么攒钱买画片就是你生活的全部。

我在商店里的洗手间脱下长裙，换上一条亮绿色的打底裤和一件亮粉色的 T 恤衫（这在一九九三年的夏威夷相当时髦），然后和朋友们去商场里的鬼屋玩。和很多商场一样，这个购物中心有两层，中间是开放式的，二楼的人可以看到一楼。我想找我爸多要点钱，买一个大个儿的椒盐卷饼。

我四下张望，发现我爸正坐在食品摊旁边的长凳上打盹儿。“爸！”我从二楼大喊，“爸，我想要个椒盐卷饼！”

我一边喊一边挥手，碰巧用余光看到二楼自动扶梯口有一个小女孩企图爬上扶梯顶端的扶手。我看着她，只见她身子一歪，从离地面三十英尺[1]高的扶梯上掉了下去，脸朝下摔到一楼的金属柜台上，发出可怕的“砰”的一声。

“哦，宝贝！噢，不，我的宝贝！”小孩的母亲撕心裂肺地叫着，从扶梯上冲下去，发疯似的拨开围上来的人群和

---

1 1 英尺约为 0.305 米。

保安。直到今天，我都再没听到过像她那样绝望的叫声。

我吓得双腿发抖，往楼下一看，我爸已经混进熙熙攘攘的人群里。他刚才待过的地方，只有一张空空的长凳。

“砰！”小女孩摔到柜台上的声音，在我脑海里反复回响，一声比一声沉闷。要是在今天，我肯定会被诊断为创伤后应激障碍，但那个时候，它是我童年时代的主旋律。

“嘿，丫头，你可不要学她，乖乖乘扶梯下楼，好吗？”我爸试图缓和一下气氛，脸上露出“‘刺客’事件”中在我妈身后那种傻笑。

但我一点儿都笑不出来。我想我的眼神已经告诉他，这真的真的不好笑。

日本神话里有一个传说，神祇伊奘诺尊来到黄泉寻找他的妹妹伊奘冉尊。当伊奘诺尊找到伊奘冉尊时，她却警告他绝不能回头看自己——和西方的俄耳甫斯传说如出一辙——否则她无法回到人间。伊奘诺尊最终没能忍住，点亮火把凑近她的脸庞。映入他眼帘的是伊奘冉尊早已腐烂的尸体，上面爬满了蛆虫。伊奘冉尊追赶着伊奘诺尊，伊奘诺尊只得用巨石堵截她，二人因此永世诀别。伊奘诺尊用巨石隔开了阴阳两界，他不再无视死亡，却又陷入对死亡的恐惧。

那一晚，我不敢关灯睡觉，一直坐到了天亮。那个女孩仿佛坠入了我的心，正中我内心的恐惧深处。事故现场一点儿也不血腥，还没有电视节目里演得吓人。但这是现实。直到那一晚，我才真正明白，我早晚会死，所有人都会死。我不知道还有谁得出了这个令人沮丧的结论。如果其他人都明白这个道理，他们怎么忍受得了呢？

第二天一早，爸妈发现我蜷在客厅的沙发上，身上盖了好几条毯子，眼睛睁得大大的。他们带我去“相思木”餐厅吃巧克力烤饼，再也没提过那次事故。

这个故事里最离奇的，不是八岁小女孩目睹别人死去，而是她足足等了八年才看到这一幕。早在一百多年前，就很少有小孩不知道“死”是怎么一回事。

北美洲诞生于死亡。第一批欧洲殖民者抵达后，死神从此如影随形。就算不是因为饥荒、严寒和印第安人，也会因为感冒、白喉、痢疾和天花而一命呜呼。詹姆斯镇在弗吉尼亚州建成后的头三年，首批进镇的五百人就死了四百四十人。儿童死亡率尤其高。如果你生了五个孩子，有两个能活过十岁就算幸运。

到了十八世纪和十九世纪，死亡率也没有降低。当时有一首歌谣很流行，小孩跳绳时都会唱：

祖母，祖母，

告诉我，

我究竟

能活几岁？

一岁，两岁，三岁，四岁……

很遗憾，许多儿童的寿命还没有跳绳的个数多。小孩被叫去给同龄人送葬，肩上扛着小棺材走街串巷。这是个倒霉的差事，要走很长一段路才能到墓地。他们一定很害怕，不比我目击小孩坠楼时遭受的惊吓少。

意外发生的几个月后，女童子军组织队员前往本地消防队参观。我鼓足勇气，向一名消防员打听那个小女孩的情况。“糟糕透顶。”他摇了摇头说，绝望地盯着地面。

我不太满意他的回答。我想继续问：“是他们没有捡回她丢失的器官那种糟糕，还是伤得不轻那种糟糕？难道说她还活着？”

我的确不知道她是死是活。我太害怕了，没敢追问下去，但这个问题很快就不重要了。也许有一天奥普拉会邀请我上节目，一边使劲地挥舞手臂，一边大声宣布：“凯特琳，虽然你不知道，但是那个女孩还活着！她就在现场！”但恐惧的种子早已在我心里扎了根，谁也改变不了。我开始出现幻觉，哪里都能看见死神——那是一个身穿斗篷的暗影，总徘徊在我的视线边缘。每当我想直视它时，它就会消失不见。

班里一个名叫布莱斯·桥本的学生得了白血病。我不太清楚这是怎样一种疾病，但一个同学告诉我，得了这种病的人会不停地呕吐，直到断气为止。听他这么一说，我立刻断定自己也染上了白血病，体内正惨遭病魔折磨。

对死亡的恐惧令我想夺回控制权，我坚信自己必须讨好死神，证明自己是它挚爱的人之一。

我开始通过强迫动作和仪式化行为减少焦虑感。我父母随时会死，我也随时会死。我需要把一切做好——计算、拍手、触摸、检查——这样才能保证万物平衡，不让死亡找上门来。

我的行为标准虽然随意，但还算理智：喂狗之前，先绕着房子连续走三圈；走路时只踩枯树叶，躲开新树叶；查看大门是否锁好，反复检查五次；从三英尺外跳上床；穿过购物中心时屏住呼吸，免得有小孩从楼上掉下来。

校长给我父母打电话，告诉他们："道蒂先生和夫人，你们的女儿总是往自己的衣服上吐口水，我们有些担心。"

有好几个月，我都低着头，让口水流到衣服上，湿渍慢慢扩大，像第二个领口似的。我也不明白自己为什么这样做。我可能觉得，不把口水滴到衣服上是向宇宙神灵宣告，"我不在乎自己的生命，你们随时可以把它夺走"。

有一种治疗强迫症的方法叫"认知行为疗法"，通过将患者暴露在引发其痛苦或恐惧的环境中，让其认识到，即使不做出仪式化行为，糟糕的事也不会发生。但我父母那辈人觉得，只有疯子和变态才需要心理治疗，他们可爱的八岁的女儿用不着（其实我刚刚往领子上吐了口水，并强迫自己用手指敲灶台）。

随着年龄的增长，我不再痴迷于死亡，仪式行为也悄然而止，而且再也没梦到过小孩坠楼的场景。为了让自己好过点儿，我拒绝承认死亡对我产生的影响。每当我情绪低落，忧伤随之而来时，我都严格抑制自己的情感，并因内心的脆弱而大为恼火。我无情地痛骂自己："你过得比谁都好，既没挨过饿，又没挨过打，双亲还健在。和别人的痛苦比起来，你的痛苦根本不值一提，你分明就是一头叽叽歪歪、无足轻重的母牛。"

我有时会想，如果能直接认识死神，生活会有什么不同。也许我会坐在他身边，和他握握手。他也许会说，他是我的亲密伙伴，我的一言一行都将听命于他，他还会提醒我"你早晚得去喂蛆"。说不定我们能成为朋友。

不过话说回来，像我这样的好女孩，为何要在西风这种阴森的火葬场工作呢？那是因为我想对八岁时的自己做出补偿。由于恐惧，那个小女孩彻夜不敢入眠，蜷缩在好几条毯子下面，坚信只要不被死神看见，死神就不会把她带走。

我这样做不仅是为了自己，也是为了让其他孩子尽早了解死亡，免得他们像我一样，第一次接触死亡时心灵就惨遭重创。计划很简单，我要建一所优雅、精致的殡仪馆，非常时髦，但仍带有一些古典韵味，名字就叫作 La Belle Mort——法语，意思是“美妙死亡”[1]。译成“美妙死亡”估计不会错，不过开店前我还需要再核查一遍翻译是否准确。不像有的傻妞，以为自己屁股上的文身是“希望”一词，其实文的是“加油站”，我可不会犯那种低级错误。

“美妙死亡”鼓励家属用新鲜、好玩的方式悼念死者，把“欢乐还给殡仪馆”。我觉得，我们之所以对死亡有一种病态的畏惧感，或许是因为我们总怀着沉重的心情，过于严肃地对待它。我们要做的就是摆脱情感束缚，和传统的葬礼说“再见”。

在传统葬礼上，你会看到一副昂贵的棺材，上面装饰着艳俗的花圈，里面有一具西装革履的尸体。撒由那拉[2]，万人通用的悼词（“她步入悲伤的峡谷中”）；撒由那拉，慰问卡里的肉麻客套话（“她一定在一个更好的地方，一切

1 法语直译是“美丽的死亡”。

2 日语“再见、永别”的音译。

安好”)。

我们被这些传统禁锢了太久，是时候在一片欢声笑语中直面死亡了。“美妙死亡”殡仪馆少不了派对和乐子，二十一世纪将是盛大葬礼的时代。老爸的骨灰可以送往太空，可以制成子弹一枪崩上天，还可以做成钻石戴在手上。我想以一场明星葬礼总结我的设想：根据坎耶 · 韦斯特的要求，在他的追悼会上，他的全息投影图像将出现在一个十二英尺高香槟喷泉的旁边。

镜头切回西风火葬场。我在火化两具尸体之前列出一个清单，上面写满了我对“美妙死亡”的计划：用骨灰作画，用骨灰文身，把骨灰制成铅笔或沙漏，把骨灰用手拉彩炮喷出去。这是我的“美妙死亡”专用笔记本，封皮是朴素的黑色，翻开后第一页全是彩色贴画，画的都是玛格丽特 · 基恩风格的动物，它们的眼睛大得出奇。我原以为有了这些小动物，笔记本里的内容可以显得轻松一些，但转念一想，实际效果貌似惊悚了十倍还不止。

“你老在上面写什么呢？”麦克从我的背后偷瞄。

“没什么，老板。就是关于死亡革命的，真的没什么。”我匆匆写下一个新点子—— 一艘游艇载着死者的家属前往旧金山湾抛撒骨灰，甲板上的弦乐四重奏乐团演奏着舒伯特的《死神与少女》。

在我的规划中，“美妙死亡”殡仪馆就是后现代葬礼策划师的应许之地。既然我现在在西风火葬场有一份稳定的工作，那我就得每天按时起床，穿上那条短得可笑的裤子，蹬上铆钉靴，在工作间里尽职尽责地火化尸体。如果我以后发达了，没人敢说我在殡葬业做得风生水起，凭借的不是真本事。

世上还有很多八岁的小女孩，如果我能为了她们，让死亡变得安全、干净和美丽，我的罪将被赦免，我自己也会被火焰净化。

第四章 果冻里的牙签

也许你未曾参加过葬礼，但全世界每一秒钟就有两个人死亡。你读完上一句话的工夫，世上就少了八个人。现在少了十四个。如果你觉得太抽象，那么试试看这个数：两百五十万。这是美国每年大约死亡的人口总量。死者被巧妙地隐藏起来，以至于生者很难察觉到这一数量的变化。除非一年来大家都活得挺好，年底时突然死了两百多万人，我们才会大为震惊——这几乎等同于整个芝加哥的人口，或者休斯敦，或者拉斯维加斯加上底特律那么多。除了明星等公共人物的死讯，我们鲜少关心平时都有谁死去，任凭他们消失在历史的尘埃中。

既然人死后就不能自理，那么总得有人给他们收尸，把他们从家里或者医院运到藏尸体的地方——殡仪馆或法医办公室。在但丁的《神曲 · 地狱篇》里，干这活儿的是卡戎。他是一个魔鬼，满脸胡楂儿，白发苍苍，专门摆渡死者穿过冥河来到地狱。

在西风火葬场，卡戎的角色由克里斯担任。

克里斯五十多岁，皮肤晒成了褐色，满头银发甚是扎眼，一双眼睛经常流露出巴吉度犬式的忧伤。他总穿戴得异常干净，卡其裤搭配老式衬衫——标准的加利福尼亚正装。我一下子就喜欢上了他。他让我想起莱斯利·尼尔森——“白头神探”系列电影的主演，这是我童年时的最爱。

克里斯说话慢条斯理，语调很平淡。他至今仍是单身——从没结过婚，也没有孩子，独自一人住在一间小公寓里。每晚，他回到家中，一边吃拉面，一边看查理 · 罗斯的访谈节目。他是个愤世嫉俗的坏脾气老头，但并不招人讨厌。看他就像看沃尔特 · 马修的电影，令我开心得很。

克里斯比麦克年长，从事殡葬工作的时间也比他长，但作为一名尸体运输司机，严格来说，克里斯在为麦克工作。他们二人之间的对话堪比老式喜剧片：克里斯走进麦克的办公室，说自己要去伯克利收殓一个金先生的尸体，但行车路线不太理想，路上不仅拥堵，还会碰上道路施工，现代城市的罪恶被他唠叨了一个遍；麦克应付地嗯了几声，假装点点头，一门心思地在用电脑把死亡证明存档，几乎没怎么搭理他。

到人家的家里收殓尸体的做法叫“上门服务”。现如今，医生已经很少出诊了，但殡仪业仍保留着这项业务，服务时间不分昼夜。根据殡葬业的相关规定，个人可以单独前往医院、养老院、法医办公室收殓尸体，但前往别人家里的话必须得是两个人。所以，当有人要求上门服务时，克里斯得有个副手，那个人就是我。

其实，我特别感激这条“两个人规定”。轮床是人类发明的最难用的东西，根本不听你使唤，怎么推都不动，还发出刺耳的当啷声，简直是专门用来让你在上司面前丢脸的工具。比尸体更不好伺候的，估计就只有这个玩意儿了。让一个人独自在陌生人家里操作轮床，想想都觉得恐怖。

在西风火葬场工作的第二周，我迎来了第一次上门服务的机会，地点在南旧金山。死者是亚当斯夫人—— 一个四十岁左右的非洲裔美国人，死于乳腺癌。

克里斯和我跳上他的货车，像卡戎将死者迎上渡船那样，准备去接亚当斯夫人。这辆车跟随克里斯将近二十年，车是白色的，车厢没有窗户。公共频道播放的防拐广告里，提醒儿童不要搭的陌生人的车型，就是这种。西风火葬场有一辆运输尸体的专车，比克里斯这辆车要新，深蓝色，外观和内饰都是专为尸体收殓工作设计的。但克里斯的喜好一成不变，他只喜欢自己的车。

我们行驶在连接奥克兰和旧金山的海湾大桥上，我下意识地感慨道："这个城市看起来真美。"话一出口，我就知道大事不妙。

克里斯一脸不可思议地看着我。"也许吧，"他说，"但你住在这儿，你知道这里实际上是一个肮脏、吵闹的粪坑。假如我们能用燃烧弹炸飞整座城，那就最好不过了。前提是我们能穿过这座桥。"

"为什么说是'前提'？"我问道，脑子里想着城市被炸的场景。

"想想这座桥是怎么建的，凯特，"他叫我"凯特"，"一堆八十英尺长的花旗松木桩插在泥里，上面挤满了人和车。从结构上说，这就好比把牙签插在果冻里。我们根本站不稳，木桩随时会断成两半，像折树枝似的那么容易。到那时，我们全都得死。"

我放声大笑，嗓音比平时尖了一些，我赶紧下意识地仔细沿着桥墩打量。

二十分钟后，我们把车停在亚当斯家门口。没有华丽的老式灵车，没有骏马，没有随仆，只有我、克里斯，还有一辆二十岁的普通白色货车。

进门之前，我让克里斯给我又讲了一遍流程，我可不想在死者丈夫面前丢人。

“别担心，凯特，这点儿事连猴子都能做。来，我给你讲一遍。”

离大门越近，我就越意识到，我俩要对付的不仅是死者丈夫一个人。屋外至少有十五个人在走动，警惕地看着我们走近大门口。进屋后，我和克里斯来到客厅。客厅的天花板非常高，屋里大概有四十个人，他们围站在一个女人的尸体旁。看到我们进来，他们马上停止了交谈，说话的声音戛然而止，仿佛有人从唱片上挪走了唱针。

“好极了，”我嘟囔着，“他们受人爱戴的女族长就要被屋里仅有的两个白人装进恋童癖专用货车里带走了。”

克里斯表现得倒是很淡定。“大家好，我们是西风火葬场的工作人员。请问，这位就是亚当斯夫人吧？”他指向客厅中央的尸体问道。

很明显，她就是亚当斯夫人，根本用不着问，但众人貌似觉得很受用。一个男人站出来，介绍自己是亚当斯先生。

我急于证明自己的价值，用严肃的口气问道：“您是她生前的丈夫？”

“年轻人，我现在也是她的丈夫，不是什么‘生前的丈夫’。”他以令人畏惧的眼神瞪着我，其他四十双眼睛也一起向我投来犀利的目光。

“这回砸了，”我心里暗想，“我完了，不仅丢了自己的脸，还让家族蒙羞，一切都无法挽回了。”

然而，克里斯仍是一副泰然自若的样子，不紧不慢地开口道：“您好，我是克里斯，这位是凯特琳。我们可以开始了吗？”

在一般情况下，死者的亲属此时都会离开房间，把尸体交由殡仪馆的工作人员处理，但这家人非要看着我们干活不可。也就是说，我要在四十个哭哭啼啼、对我恨之入骨的人眼皮底下完成首次收殓尸体的工作。

就在我绝望之时，克里斯充分施展了他的魄力。他用那天和麦克描述路况的口吻，向众人介绍收殓亚当斯夫人尸体的方法，其实是在讲给我听。

“现在，我们把轮床推到病床旁边。凯特琳用侧面的摇柄把床放低。我把布单铺在夫人的头下面，凯特琳将另一侧铺在她双脚下方。然后这么一拉，亚当斯夫人的身体就用单子裹好了。接下来，凯特琳要把她的双脚抬上轮床。一、二、三，好。现在，凯特琳再用布单裹一层，然后把夫人固定在轮床上。”

克里斯滔滔不绝地说着，直到我们把亚当斯夫人裹好，用束带稳稳地绑在轮床上。屋里的人看得入了迷，一个动作都没落下。我很感激克里斯，他没有让别人看出我是个新手，实际上连我都被自己唬住了。克里斯细致的讲解，让我觉得自己真知道该怎么做。我平时对自己一向感觉良好，有这种错觉估计也正常。

我和克里斯把亚当斯夫人推出前门时，她的儿子叫住了我们。他和我差不多大，却已经没有了妈妈。他想把一朵花放在轮床上。我不知道该说些什么，于是脱口而出："她肯定是个了不起的女人。相信我，我看人很准的。"

这无疑是个赤裸裸的谎言。我第一次上门服务，对包裹尸体一窍不通，没来得及察言观色，就断定死者生前"了不起"。

"嗯，是啊，谢谢你。"他说道。

返回西风火葬场的途中，亚当斯夫人在后车厢发出窸窸窣窣的声音。克里斯一直安慰我，告诉我今天没有那么糟糕。"瞧，凯特，我们总赶上人们最难过的时刻。如果有人想买新房、买新车，他一定会亲自去挑选。但是，人们能从我们这里买到什么呢？什么都没有。我们不但收了他们的钱，还把他们的挚爱之人带走，没有人想这样。"我感觉心情好些了。

从早上八点半到下午五点，西风火葬场的两台火化炉每天要处理六具尸体（每台各三具）。赶上高峰期，一周可以火化三十具。而每次上门服务至少需要四十五分钟，如果服务地点在海湾大桥的另一头，花的时间就会更长。从理论上来说，克里斯和我应该天天在外面奔波。克里斯确实经常往外跑，主要是想躲着麦克，不然就得给他跑腿，取个死亡证明或者到邮局办事等。我基本都待在火化间，一心一意地火化尸体。现在很少有人选择在家中离世，因此大多数收殓尸体的情况不用两个人出面。

把医院作为临终场所其实是一个相对新的理念。十九世纪，只有孤苦无依的可怜人才会在医院死去。鉴于此，人们都愿意在亲友的陪伴下，于家中撒手人寰。到了二十世纪初，仍有百分之八十五的美国人选择在家中离开人世。

直到二十世纪三十年代，“医学化死亡”的概念才出现。医院的数量不断增多，从而把人们从可怕的死亡场景中解脱出来。过去，宗教人士为临终之人送行，并引导其亲属走出悲痛，如今则由医生陪伴病人度过生命的最后时刻。医学解决生死问题，与能否上天堂无关。医院把死亡卫生化、规范化。在医学专家看来，公众并不适合参与其中，因为——借用死亡历史学家菲利普·阿雷兹的话来说——死亡是“令人作呕的景象”。于是，人们把“弥漫着尿臊、汗液和腐烂等混合气味，床单上沾满污秽”的房间视为禁忌，坚决不踏进去一步。而医院正是在不冒犯生者的前提下，允许死亡回归它的本来面目。

我上高中的时候，学校暗示我们，如果暑假期间没有完成规定的志愿服务时数，我们就上不了大学、找不到工作，最后只能以失败者的身份孤独终老。于是，高一那年的暑假，我决定去火奴鲁鲁[1]市中心的“女王医院”当志愿者。我不吸毒，成绩也不错，工作人员核实信息之后，拿给我一件丑陋的亮黄色 polo 衫和一个名牌，让我去志愿者办公室报到。

我可以选择医院里的两个部门进行志愿服务，每周轮换一次。礼品部和妇产科都是大热门，但对我没什么吸引力。我可不想跟写有“早日康复”字样的气球和吱哇乱叫的婴儿待在一起，不然我整个暑假都会陷入一种倒胃口的伤感情怀。我的第一选择是重症加强护理病房（ICU）的前台，幻想着护士给伤员擦拭额头的柔情一幕——就是“二战”中经常出现的那类画面。

然而，ICU 远没我想象的刺激。他们才不会让一名高中生加入抢救病人的行列。于是，我只得坐在那里，看着心急如焚的家属在等候室里进进出出，不是去上厕所，就是去

1　火奴鲁鲁：华人称为檀香山。

给咖啡续杯。我一坐就是好几个小时。

我的第二个选择就明智多了。物流部的工作很多样，例如把邮件和备忘录发往各个病房、帮刚出院的老奶奶推轮椅。除此之外，物流部还负责把逾期未领的尸体转移到地下室的太平间。这简直是我梦寐以求的工作。部门里的正式员工不太理解我这种热情，但只要出现“黑色指令”——有尸体需要转移时，他们就会很大度地叫我过来。

现在回想起来，这家医院实在是不可思议——“没问题，虽然你只有十五岁，但我们同意你搬尸体。”我不敢相信他们会让小志愿者做这种事。不过我后来一想，他们一开始确实不太情愿，但经不住我的百般哀求，最后才勉强同意。

我的直接领导叫凯普，年纪不大，是夏威夷本地人。他看了看显示屏，操着浓重的口音对我说：“凯特琳，你能去莆阿喜病房把山崎先生带出来吗？”哦，当然，我求之不得呢。

我和凯普来到山崎先生的病房。山崎先生蜷缩在一尘不染的病床上，已经停止了呼吸。他看起来像一具博物馆里的木乃伊，皮肤的颜色很深，像块棕色的牛皮。因为疾病和衰老，他全身干巴巴的，体重还不到九十磅[1]。不管是我还是凯

1　1 磅约为 0.45 千克。

普，一个人用一只手就能把他抬到担架上。

“哇，老头子岁数真不小了，是吧？”凯普惊讶地说。山崎先生这把岁数，让资深的尸体搬运工都不淡定了。

我和凯普拿来的担架，其实是一个有着担架外观的金属笼子。我们把山崎先生放进去，上面盖上一块不锈钢板，然后用一个白床单把整个担架罩起来。从外表上来看，我和凯普只是从山崎先生的病房推出一个空担架，没有人躺在上面。

我俩推着担架进入电梯。电梯里都是普通的访客，他们手中捧着泰迪熊和鲜花，根本想不到身边还藏有一具尸体（下次你在医院看见两个成年人煞有介事地推着一个空担架时，请想想山崎先生）。这些人早早地出了电梯，最后只剩下凯普、山崎先生和我一路来到地下室。

“女王医院”一直用良好的医疗环境标榜自己，展示的不仅是最新科技，还用夏威夷艺术作品装点墙面。他们用一切手段——伪造的担架、地下秘密停尸房——巧妙地掩盖死亡，让死亡远离大众的视线。死亡意味着医疗系统的失败，不能让病人和病人家属知道医院有人死了。

凯普和克里斯很相像：他们都是体面人，负责把尸体从大众身边运走。对他俩而言，这不过是一份乏味的工作，但在普通人看来，他俩的职业既神秘又恶心。

前几次上门服务，我彻底见识了克里斯的沉着和冷静。即使在狭窄到挪不动脚的屋子里，克里斯也能完成任务。看着眼前螺旋向上的窄楼梯，他叹了口气说道："拿折叠架来。"克里斯所谓的折叠架指的是折叠式担架——战场上用来运走伤员的那种。我们将尸体绑在这个鬼玩意儿上，然后把担架侧过来抬。一路上，死者的肚子在我们的头顶上下不断地摆动——只要能把尸体运上车，我们做什么都行。

"这和搬家差不多，"克里斯向我解释道，"都是一些几何和物理问题。"

面对腐烂的尸体、超重的尸体和古怪的尸体时，克里斯从未乱过阵脚。说到古怪，有一次我们来到海特区的一幢宅子，一位绅士领着我们进入一间阴冷、破败的地下室。这位绅士留着尖尖的八字胡，有一双爪子似的大手，像极了恐怖电影明星文森特·普莱斯。一具男尸躺在地下室的角落里，身体蜷成球状，一只玻璃眼直勾勾地盯着我们。"见鬼了，凯特。他在冲我们使眼色吗？咱们去拿折叠架吧。"

搬运尸体最重要的一点就是不要放弃。听起来也许有些老套，但克里斯对此坚信不疑。他告诉我，他曾经碰到一具重达四百磅的尸体。死者生前是个囤积癖，家里堆得满满当当，到处都有蟑螂乱爬。尸体在三楼，克里斯当天的助手拒绝上楼，一口咬定他们二人无论如何都不可能把尸体搬出去。“我一下子失去了对他的敬意。”克里斯说，“我最恨那些不愿意尝试的人。”

在路上奔波的那段日子，我越来越了解克里斯。比如说吧，二十世纪七十年代，他曾在夏威夷给一个蛮横的施工经理打工，干了差不多两年，至今仍对此耿耿于怀。从谷歌地图上可以看到，那时离他住地方圆三个街区以内，还住着我当时新婚不久的父母和年轻的巴拉克·侯赛因·奥巴马（这很容易让我联想到，他们几个人说不定曾在商店里擦肩而过，或者一起在马路边等红灯）。

给亚当斯家提供上门服务的几周后，我和克里斯来到玛丽娜区的一栋豪宅。我俩一路上谈笑风生，谈论着夏威夷的天气和麦克的粗鲁无礼。宅子坐落在一条繁华的大街上，我们把车靠路边停好。“你知道我在想什么吗，凯特？”我们往外拿橡胶手套时，克里斯说道，“咱俩就像杀手，跟《低俗小说》里那两个家伙似的。他们前一秒还在车里讨论三明治，后一秒就打爆了别人的头。咱们刚才还坐在车里扯淡，现在就要给别人收尸了。”

我们敲敲门，一个深色头发，五十岁左右的女人开了门。我冲她咧嘴一笑，看上去特别真诚。在这种时刻，一个诚恳的笑容远比虚伪的同情有用。

“我等你们好几个小时了！”她大声尖叫着。

“女士，现在是交通高峰期，我们是从奥克兰赶过来的。”克里斯用“克里斯式”平静的嗓音说道。

“我不管，妈妈应该享受最好的待遇！妈妈做事非常体面，因为她本身就是个体面的人。你们却迟到了，这非常不体面！”她没完没了地嚷嚷着。

“我很抱歉，女士，我们一定好好照顾她。”克里斯说。

我和克里斯来到卧室，看到了“妈妈”。我俩刚要用裹尸布包上她时，那个女人一下子扑到她妈妈身上，夸张地号啕大哭：“不，妈妈，不！我需要你，妈妈，别离开我！”

这应该是人类真情流露时的样子吧。死亡、分离、抱头痛哭，该有的都有了。我认为自己会被打动，但我没有。“内疚。”克里斯含糊地说。

“你说什么？”我小声问道。

“她很内疚。这种事我看得太多了。她很少回来看她妈妈，现在却一副没有妈妈就不能活的样子。太扯了，凯特。”他说道。我知道他是对的。

女人终于放开母亲的尸体，我们把“妈妈”固定好，推了出去。我们把轮床推到屋外，街上的人都停下来盯着我们。遛狗的人站在原地不动，推着婴儿车的瑜伽宝妈们也放慢了脚步。他们一个个目瞪口呆，以为我们是侦探或法医，正从穷凶极恶的犯罪现场搬运尸体，殊不知我俩只是殡仪馆的员工，上门收殓一个在家里寿终正寝的九十岁老太太而已。

死亡并非一直与丑闻和猜忌相随的。十四世纪，“黑死病”大瘟疫横扫欧洲，大批尸体置于街头，完全暴露在大庭广众之下，有时一放就是好几天。马车陆陆续续将尸体运到城外，那里已经挖好了大规模处理尸体用的填尸坑：放一层尸体，填一层土；放一层尸体，填一层土。埋尸的方式“和做意大利千层面差不多，一层面皮，一层奶酪，如此反复”，意大利一位编年史学家如此形容道。

如今，不必被迫与尸体打交道已成为发达国家的特权。在印度恒河畔的瓦拉纳西，每天有八十到一百级石阶用来举行火葬。火化在露天进行（有时由低种姓阶层的儿童从事这项工作），骨灰和没有完全烧毁的遗骨被抛入“圣河”——恒河。火化的费用通常不菲，昂贵的柴木、艳丽的布料、高级的火化工人，加起来可是一大笔钱。有些家庭负担不起火葬费，但仍想让自己的亲人魂归恒河，就只能趁夜色把整具尸体放进河里，让其在水中慢慢腐烂。瓦拉纳西的游客因此时常看到肿胀的浮尸不是漂在河中，就是被狗啃食。恒河里的尸体越来越多，印度政府只好投放了几千只肉食龟，让它们把“坏死性污染物”全部吃掉。

为了避免使用这种令人不悦的尸体处理方式，工业化国家已经建立起一套体系。就在此时，众多没有标记的白色货车正载着尸体穿行在公路和州际高速公路上，飞机也载着货舱里的尸体和客舱里的乘客横跨地球。我们总是把尸体藏在下面。我们不仅把尸体埋在土里，还把它们藏在假冒的担架下面、飞机货舱下面，以及我们的意识深处。

只有当体系遭到破坏时，我们才会发现它们近在眼前。卡特里娜飓风侵袭后，《华盛顿邮报》引用了传染病研究和政策中心迈克尔·奥斯特霍姆博士的一句话："卡特里娜飓风带给我们很多教训，其中一个就是美国人不太习惯在大城市的街道上看到无人问津的尸体。"说得太委婉了，博士。

克里斯和我用几分钟时间把"妈妈"从前门推到货车上，给了遛狗的人和瑜伽宝妈们一个不大不小的震撼。一丝腐烂的气息，让他们意识到生命的终结。

第五章 按下按钮

CBS（美国的电视广播网哥伦比亚广播公司）新闻：旧金山——湾区快速运输系统（地铁）工作人员称，周六中午十二点左右，一名年龄约二十岁的男子进入旧金山地铁轨道，遭列车撞击后身亡。

目击者称，该男子“站在铁轨上等车撞过来”。地铁发言人林顿·约翰逊称：“他甚至没有试图躲开。”

事故发生在旧金山市政中心车站，男子遭撞击后卷入地铁列车下方。据约翰逊称，该车站全部列车被迫停运了三个小时，造成大规模延误。

雅各布迎着呼啸而来的列车，结束了自己二十二岁的生命。他只比我小一岁。他的脸上有几处轻微擦伤，破了几道口子，看起来不像被列车撞过，更像是凌晨两点在酒吧斗殴时挂的彩。

“上个月送来一个被城铁碾过的家伙，身体断成了两截。”麦克不以为意地说。

雅各布唯一的重伤在左眼，他的眼球没了，可能丢在了事故现场。但如果只看右脸，雅各布和常人无异，他似乎马上会睁开完好无损的右眼，开始与别人交谈。

法籍罗马尼亚裔哲学家齐奥朗说过，只有自杀是一个人真正拥有的权利。生活处处与我们作对，“这个世界能够夺走我们的一切……但没有谁能阻止我们自行了断”。不足为奇，这个“沉溺于料想事情最糟状况”的人最终患上了失眠症，孑然一身死在巴黎。

齐奥朗或许是消极自恋的典型，但不管我们推崇哪种哲学流派，疯狂与绝望都会找上门来。尼采在四十四岁时精神崩溃，他在《偶像的黄昏》中有一句名言：“凡是不能毁灭我的，将使我更强大。”之后，他开始由妹妹悉心照料，他的妹夫此前不久刚在巴拉圭自杀身亡。

很多人认为自杀是残酷且自私的行为，但我支持雅各布的选择。如果他每天都生活在痛苦之中，我没权力要求他继续忍受这种折磨。我不知道雅各布为何选择自杀，他可能患有某种精神疾病，也可能彻底失去了生活的希望。我没有资格对他的动机妄加评论，但我可以评论他的实施方式。就后面一点来说，我完全不赞同他的做法。

雅各布自杀的方式让我有些不安，他在大庭广众之下选择了一辆满载乘客的列车。上大学时，我在芝加哥大学校园里的一家咖啡馆当经理。我去西风火葬场上班的两个月前，店里的副经理和女朋友大吵了一架，随后在卧室里自缢身亡，他的室友回来后发现了他的尸体。他自杀的行为成为他女朋友一生的负担，这个后果比他的死更令我难受。如果你决定结束自己的生命，请将对他人的伤害降至最低。假如生命是一场派对，你可以从后门溜走，但不要扫了别人的兴。

雅各布的行为造成的损失大多是经济上的：几千人上班迟到、错过了旧金山机场和奥克兰机场的航班、没赶上重要的约会等。

但是对列车司机而言，他的损失与经济无关。他与雅各布四目相对，刹车为时已晚，只得任凭列车向这个男孩冲过去。在美国，列车司机在职业生涯中平均要撞死三个人。他们如果别无选择，只能从别人身上轧过去，那么将会逐渐对这份还算稳定、理想的工作失去热情。

对那些站台上的目击者来说，他们的损失也和经济无关。他们不得不站在那里，尖叫着让雅各布躲开。“天哪，他没看见列车开过来吗？”这时，他们会突然意识到，雅各布当然知道列车来了，自己只能眼睁睁地看着将要发生的一切就这样发生。他们一辈子都忘不掉那一刻，现场的画面、撞击声、人群的尖叫，统统挥之不去。

麦克说，站台上的人有些估计会嫉妒我，他们巴不得自己来火化雅各布："他们会先给他几拳，作为小小的报复。"

那是不可能的，他们永远见不到雅各布的尸体。雅各布将一直在他们的梦境中徘徊，他们奈何不了他。

想想当年那起商场坠楼事件对我造成的影响，我就特别同情站台上的人们。我想为他们敞开火化炉的大门。火化当天，我希望他们能够到场，在雅各布的尸体旁站成一圈。我要大声告诉他们："看，他在这里，因为他自己选择了死亡。他已经死了，但你们没死。你们还活着。"

不过，我这个"欢迎参观尸体火化"的臆想是违法的。根据《加利福尼亚州行为准则》，"以土葬或其他任何形式处理的人类遗体，其准备及处理工作须在严格保密的情况下进行"。

十九世纪末的巴黎，每天都有上千名民众前往殡仪馆围观无名死尸。人们排队等候入场，一等就是好几个小时，各色小商贩趁机向人群兜售水果、点心或玩具。好不容易进了场，人们就被赶进一间展览室，隔着玻璃窗打量躺在厚木板上的尸体。巴黎学者凡妮莎·舒瓦茨称当时的殡仪馆呈现了

“一个真正的奇观”。

殡仪馆的展览越来越受巴黎民众的欢迎，最后只能停止对外开放。时至今日，殡仪馆仍然大门紧闭，也许是因为管理者不想让大众过分关注尸体。在他们看来，这种好奇本身就是错误的。他们可以拒绝开放殡仪馆，但不能阻止大众选择其他方式满足这份好奇。冈瑟·冯·哈根斯举办的“尸体世界”塑化尸体巡回展览，充分说明了人类展示尸体的冲动一如既往地强烈。虽然冯·哈根斯不断招致非议，但这并不妨碍“尸体世界”成为参观人数最多的巡展（截至二〇一四年年初，已有三千八百万人参观过此展览）。

雅各布住在华盛顿州，不知出于何种原因来到了旧金山。他的父母通过电话处理儿子的后事，用传真把填好的表格传至西风火葬场，在电话里给我们念信用卡的卡号。像往常一样，火化间只有我和雅各布两个人，我把他放在传送带上，他用仅剩的一只眼睛“看着”我。

由于死亡方式比较惨烈，雅各布先被送到医学检查部，然后才转到西风火葬场。医学检查部是现代版的法医办公室，由医师运营，主要调查可疑或暴力死亡事件。当我们前去接收尸体时，检查部的人会把死者身上的遗物一股脑儿地移交，一般都是衣服、首饰、钱包之类的物品。

雅各布的遗物是一个背包。他的父母不想带走它，所以唯一的处理方式就是跟雅各布一起火化。

我把背包放在桌上，拉开拉链。“这可是了解一个疯子的好办法，”我心想，“马上就要真相大白了。”结果没想到，从包里拿出的东西恨不得一件比一件普通：换洗的衣物、护肤品、工夫茶杯。这时，我掏出一沓记事卡。终于被我找到了！难道是他发疯自杀前写下的胡话？不，汉字学习卡片而已。

我有些失望。我原以为他的背包能给出答案，解释他为何要自杀。

“喂，凯特琳！别忘了把他的钱包一起烧掉！”麦克在他的办公室里喊道。

“等等，你拿着他的钱包？”我问道。

“我正在看他的身份证。钱包里还有学生证、驾照和一张到旧金山的灰狗巴士车票。哦，这儿还有一张地铁路线图，看着真叫人沮丧。他貌似在地图背面写了字。是个单词，‘anthropophagy’。这词什么意思？”

“不知道，我谷歌一下。告诉我怎么拼。”我说。

“A–N–T–H–R–O–P–O–P–H–A–G–Y。”

“见鬼，意思是‘食人’，‘cannibalism’的近义词。”

麦克放声大笑，好像雅各布玩了一回黑色幽默。“有意思。他是想说自己是个食人魔吗？车票显示他在自杀前一天到达旧金山，他干吗不直接在华盛顿州自我了结呢？”

“问得好。如果你要自杀，为什么非得来旧金山被地铁列车撞呢？”

“也许他没想死，只是打算在列车撞过来的那一刻躲开，和《伴我同行》里那个小屁孩儿干的一样。”

“科里 · 费尔德曼演的那个？”我问道。

“不是，另一个。”

“瑞凡 · 菲尼克斯？”

“也不是。”麦克摇摇头，“不管怎么说，如果他真只是为了躲列车，那他可算是把自己玩死了。”

直到把雅各布推进火化炉的那一刻，我对他的了解还仅限于他二十二岁，来自华盛顿州，学中文，至少在临死那一天对食人感兴趣。几周之前，我买了一套 HBO 出品的热门电视剧《六英尺下》，它讲述的是一家私人殡仪馆发生的故事。其中有一集，葬礼承办人奈特拜访了一个即将孤独死去的年轻人，协助他安排自己的火葬事宜。年轻人火冒三丈，嘲弄自己命不久矣，还数落了一通对自己不闻不问的家人。他问奈特，自己死后，将由谁按下火化炉的按钮启动火化。

“你指定的那个人。”奈特答道，“佛教徒会选择家人，有的人谁也不选，这样的话将由火葬场的人来启动。”

“那我选她。”

“她”指的是我，我就是“火葬场的人”，我就是雅各布的那个“她”。不管雅各布做了什么，我都不想让他孤零零地离开人世。

经过成千上万年的进化，人类的大脑获得了认知死亡的能力，这可谓生而为人的一大幸事（也可能是一大不幸，看你怎么想了）。我们是一群拥有自我意识的可怜虫，成天想方设法地逃避“凡人必有一死”的真相。不管觉得自己多么强大、受宠、特别，我们都明白死亡乃命中注定，自己最终将变作一摊腐肉。世界上再没有别的物种存在这种精神负担。

假设你是一只瞪羚，正伴着《狮子王》的背景音乐在非洲大草原上吃草。此时，不远处有一只饥肠辘辘的狮子跟在你身后。它突然起身一跃向你扑来，但是这一次你跑得比它快，侥幸逃生。反抗或者逃跑，你本能地做出了判断，但逃命的那一刻令你胆战心惊。经验和进化的结果教会你远离或躲避危险，但确实有那么一瞬间，你吓得心脏都不跳了。可是没过一会儿，你又开开心心地在大草原上吃草，好像什么都没发生过——“我吃，我吃，我吃吃吃”，直到狮子开始第二轮进攻。

也许人类在躲过狮子追杀之后，会长舒一口气，不过心里却清楚得很，自己最终难逃一死。死神一直在等待，一想到这里，我什么事也做不好，甚至不能精心料理他人的丧事了。

大约在九万五千年前，一群智人把同类的尸体埋在现位于以色列境内的卡夫泽洞穴。一九三四年，考古学家挖掘出这片遗址，同时发现尸体的埋葬方式很讲究，不像是敷衍了事。一些残存的遗骨上带有红色颜料的痕迹，应该是用天然的红色赭石涂抹上去的。考古学家认为，赭石的使用意味着人类在进化之初，就已经懂得了在埋葬死者前举行仪式。其中一具遗骨是一个十三岁的小孩，他下葬的时候双腿蜷在身体一侧，怀里放有两只鹿角。我们不知道人类的祖先对死亡、来生或者遗体有什么看法，但是卡夫泽洞穴中的遗骨表明，他们对此确实有过思考。

当死者的亲属来西风火葬场安排火化或土葬事宜时，他们一般都坐在接待室，紧张兮兮地用纸杯喝水，一副“要不是有人死了，我才不愿意来这种地方”的表情，当然更多的时候，是因为他们不得不自己为丧事买单而闷闷不乐。有时候，人们为了看死者最后一眼，会要求在西风火葬场的小教堂瞻仰遗体。小教堂偶尔会挤满前来吊唁的人，他们在福音歌曲的伴随下默默流泪。有时只有一个人安静地坐在里面，半个小时后一声不响地离开。

人们经常在小教堂和接待室之间来回穿行，甚至有时还会进入员工办公室，但火化间是我的地盘。用麦克的话来说，大部分时间我都孤零零地“躲在后面”。

我们有一项业务叫作“火化见证”。我在西风火葬场工作的前几个星期都没看到有人选择这项服务，直到姓黄的华裔一家出现。那天早上八点半，我一进门就看见十几个妇人正在储藏室里忙着拼凑出一个临时用的灵位。

“麦克！”我一边叫一边朝他的办公室走去。

“怎么了？”和往常一样，麦克爱搭不理地说道。

“嘿，为什么会有人在储藏室里？”我问道。

“哦，对了，今天下午他们要见证火化。他们的东西太多了，小教堂根本放不下，我就让他们把灵位摆在储藏室里。”他说。

“我……我不知道今天有人要来。”我有些结巴，一想到有人要侵犯我的地盘，打乱我的常规作息，我就害怕得不行。

“我以为克里斯告诉你了，伙计。别担心，有我在呢。”他说。

麦克一副胸有成竹的样子，也许他闭着眼都能完成火化见证仪式，但对我来说可是个大危机。“火化见证”包含以下流程：死者亲属在小教堂默哀——尸体推入火化间——启动火化，家属在旁边观看火化全过程。这几乎和运送核弹头一样恐怖。

在西方，火葬开始时使用的是柴堆，之后逐渐向工业化演变。早期的火化炉上有一个窥视孔，死者家属像偷窥色情表演似的，通过这个小孔窥看尸体火化。有些殡仪馆甚至要求家属必须亲眼看着尸体送进炉膛。随着时间的推移，窥视孔全部被封了起来，死者家属也不必再踏入火化间。

在过去的几十年里，殡仪业从业者挖空心思，尽可能让死者家属远离与死亡相关的方方面面，生怕引起他们的不快。我可以这样告诉你，如此谨慎行事的不仅是火葬场。

我朋友玛拉的奶奶不幸中风，生命危在旦夕，玛拉火速乘上前往佛罗里达州的航班，赶去给老人送终。接下来的一周，玛拉只能眼睁睁地看着奶奶被病痛折磨：呼吸困难，没法吞咽，不仅身体不能动，连声音都发不出来。最后，死亡终于将老人从痛苦中解脱出来，玛拉却没能自始至终参加完奶奶的葬礼。葬礼那天，玛拉发给我一条短信：“凯特琳，墓穴已经挖好了，我们就站在边上，旁边就是奶奶的棺材和人工草皮。我一直以为他们会当着我们的面让棺材入土，结果他们没有。我们走的时候，棺材还待在原地，根本没埋到墓穴里。”

只有在玛拉和家人离开后，殡仪馆的人才会把奶奶的棺材放进墓穴，用黄色的挖土机往里填土。

如今，这种逃避死亡的经营战略成功地将哀悼者的注意力转移至“歌颂生命”这一积极的主题上了，毕竟生命比死亡更有市场。一家大型殡葬公司在等候室里摆放了几台小型烤箱，这样一来，新鲜出炉的饼干的香气可以缓解死者家属的心情，分散一些注意力——嗯，希望他们的巧克力饼干能掩盖住化学试剂和尸体腐烂的味道。

我回到西风火葬场的储藏室，向那些妇人点头致意。她们的速度惊人，灵位摆放已经差不多完成了。黄先生的遗照下方摆满了花圈和一盘盘水果。不用说，他就是家族中的父权权威。照片完全是照相馆风格，一个年迈的华裔老人身穿笔挺的西装，双颊红润得不正常，身后飘着几朵白云。

按照麦克的指示，我和克里斯把黄先生的木制棺材抬到小教堂。打开棺材后，只见黄先生穿着生平最好的一套西装，安详地躺在里面。他的脸很平滑，表情略显僵硬，这是经过防腐处理后的典型尸容，不再是“云彩照”里那副不知所以的严厉模样。

那天早上，越来越多的家属来给黄先生吊唁，每个人都把大量水果和其他供品放在灵位处。“你，”一个年长的女人极其不满地冲我吼道，“你怎么能穿红衣服？”

红色在中国文化中代表“喜庆”，是绝对不能在葬礼上出现的。我身上那条樱桃红裙子甚是扎眼，像是在挑衅：“哈！我可不在乎什么文化差异！”

我想为自己辩解，告诉她我根本不知道他们一家今天要来，更不知道他们要来见证火化。但我没说出口，只是含糊地说了句“对不起”，端着一碗橙子从她身边溜走了。

此时，麦克已经开始给火化炉预热了。时间一到，我就跟他来到小教堂。屋里站满了黄先生的亲属，我们艰难地在人群里穿行。其间，不少人对我的红裙子指指点点。我们把木棺材送至火化间，死者的亲属紧跟在我们后面，大约有三十个人，蜂拥闯入我的那片“圣地”。

我们刚一进去，所有人（包括老太太在内）全都“扑通”一声跪倒在地，号啕大哭起来。长长的哀号声混杂着火化炉的噪声，场面不是一般的诡异。我目瞪口呆地站在他们身后，感觉自己像个人类学家，误打误撞目睹了某种未知的神秘仪式。

哭丧是中国丧葬旧俗。聘请的职业哭丧人帮助死者家属宣泄哀思之情，力图将葬礼的悲情氛围烘托至极致。望着跪在地板上的这些人，我很难分辨出谁是黄家人专门雇来渲染气氛的。难不成奥克兰本地有人做哭丧这一行？他们看起来伤心得很，不像是装出来的。但话说回来，一大群成年人毫不掩饰内心的脆弱放声大哭，我还真是头一次见到。此时此刻，再能忍的人也在尽情宣泄自己的情感。

突然，一个手拿摄像机的男子在人群中走走停停，拍摄这些悲痛欲绝的亲属。我之前没怎么注意到他。他走到一个正在恸哭的人跟前，向上摆了摆手，意思是继续哭，继续！那个人立即大吼一声，声音比刚才大得多，感觉也更真切，然后不住地用手捶地。似乎没有人愿意被拍到一副沉静、克制的模样。

黄家人的举动正是传统意义上的宗教仪式，将信仰和行为融为一体。安德鲁 · 纽伯格和尤金 · 达其里是宾夕法尼亚大学的研究人员，从事脑神经方面的研究。他们指出，如果想让仪式发挥作用，参与者就必须动用“大脑和身体的所有组成部分，身体行为必须与思想行为调和”。黄家人通过哭泣、下跪和表达悲伤等举动，与比自己更强大的某种事物建立起联系。

黄先生的棺材已被送进炉膛，麦克示意黄先生的儿子按下点火按钮。这只是一个象征性的动作，但蕴含了无穷的力量。

麦克之后告诉我："你就得让他们按下按钮，他们特别喜欢这么干。"

黄先生比雅各布幸运得多：他有一个爱自己的人，所以没有沦落到由一个随便指定的、毫无文化敏感性的火化工送他上路。

我们关上炉门，眼瞅着黄先生被火舌吞噬。克里斯迅速冲上前，在机器前点燃了一根巨大的蜡烛。"火化见证"一直由麦克和克里斯组队完成，黄家人也不是第一次在葬礼上哀号，看来没见过世面的只有我一个。

黄先生的"火化见证"迫使我思考：如果我的父亲走了，我该做些什么。说实话，我一点儿头绪也没有。我敢肯定，有一些参加"火化仪式"的人并没有表现出来的那么伤心，大部分时候都在逢场作戏。不过这没关系，黄家人至少举办了一个仪式。他们知道自己要做什么，这一点令我非常羡慕。他们知道如何哭得大声，如何表现得悲痛，还知道要带来水果作为祭品。家里的丧事使他们团结起来，按照传统的观念和风俗行事。

我的父亲在一所公立高中教了四十多年历史课。虽然学校位于岛的另一侧，但他仍然保证每天五点半起床，开车把我送到火奴鲁鲁的一所私立学校上学，车程将近一个小时，然后再开一个小时的车去自己教书的高中上班。这样一来，我就不必乘坐公交车上学。他为送我，开车达几千英里[1]——在他去世后，我怎么能狠心将他交给别人呢？

我从西风火葬场学到的越多，就越觉得开办“死亡美学”殡仪馆的想法不妥当。我逐渐意识到，我们与死亡的关系根本就是错的。我在西风火葬场只待了几个月，便发现自己天真得可笑，竟能想到“把欢乐还给殡仪馆”这种主意。“歌颂生命”式的葬礼不能有尸体出现，也不能谈论死亡，那我只能让老爸趁着大伙儿喝潘趣酒的时候放一首老掉牙的摇滚歌曲。这就好比你用创可贴去给人家处理枪伤，用的还是印有 Hello Kitty（凯蒂猫）图案的创可贴，感觉特别不着调。

不，父亲去世后，我要为他举行火葬。我不会选择西风火葬场这种仓库似的火葬场，而是选择一个美丽的殡仪馆，有着大大的落地窗，阳光可以直接照射进来。如果这家殡仪馆拒绝或隐藏死亡的存在，那它就算不上美丽；说它美丽，是因为死亡在这里能够被接纳。在这里，人们可以亲自清理亲人的遗体，可以安全、舒适地陪伴自己故去的亲人，直到尸体被火化的那一刻。

一九一三年，萧伯纳记述了自己见证母亲尸体火化的时

1　1 英里约为 1.609 千米。

刻。她的遗体躺在紫罗兰色的棺材里，双脚先进入火化炉。“哦，看哪！”他写道，“她的双脚神奇地燃烧起来，火焰像缎带似的跳跃着，明亮的色泽如同石榴石。火舌好似圣灵节的热焰，没有烟雾的困扰，样子却颇为热切，一下子将整个棺材全部点燃。我的母亲化成了艳丽的火焰。”

我想象着我父亲去世后的样子，炉门打开，金属碰撞的声音在屋子里回响。如果他在我活着的时候离开这个世界，我会陪在他身边，亲眼看着他化作那“艳丽的火焰”。我不想让别人火化我的父亲。随着对死亡和殡葬业越发了解，一想到要由他人处理我家人的遗体，我就不寒而栗。

第六章 粉红鸡尾酒

很久很久以前，巴西西部的原始丛林里生活着瓦里人。他们与世隔绝，从未与西方文明有过接触。然而，二十世纪六十年代初，巴西政府和一群福音派传教士不请自来，两拨人都试图和瓦里部落建立关系。这些外来者携带着各种各样的疾病（痢疾、流感、麻疹），瓦里人的免疫系统完全招架不住。仅仅几年时间，每五个瓦里人中就有三个染病死去。部落里的幸存者变得极其依赖巴西政府，因为后者提供专治西式疾病的西式药剂。为了得到医疗、食物和政府救济，瓦里人不得不放弃一个重要的生活习俗——食人。

文艺复兴时期，法国哲学家蒙田在标题极其直白的《论食人》一文中写道："人人都把与自己不同的做法称为野蛮。”我们确实觉得食人是野蛮的行为，而且我们的确没有这种习俗。假如我们有野蛮的行为，劳烦您指出来，谢谢。只有反社会狂人和野蛮人才会吃人肉，比如猎头人和汉尼拔·莱克特。

我们之所以坚信食人是精神错乱和冷酷无情之人的行为，是因为陷入了人类学家克利福德·格尔茨所谓的“意义之网”。从出生之日起，我们就被自己身处的特定文化灌输了特定的价值观，例如“处理”丧事的方式、构成“恰当”和“体面”的标准等。

在食人的问题上，我们不可避免地带有偏见。我们自认为思想开放，实际上我们的想法已经被固有的文化传统禁锢住了。这就像你打算穿过一片树林，树和树之间却结满了蜘蛛网，你隐约能够看到目的地就在前方，但没走多远就被蜘蛛网缠住，脸上、嘴里粘得到处都是。因为这些“意义之网”，西方人无论如何也不能理解瓦里人的食人习俗。

瓦里人只吃死去的人，也就是说，他们其实是将食人作为一种丧葬礼仪。如果部落里有人咽下最后一口气，他绝不会没人管。死者的家人一边摇晃着尸体，一边用平稳、高亢的嗓音吟唱。喊叫声和哀号声向族里的其他人宣告有丧事要举办。不一会儿，每个人都加入吟唱的行列，死者在邻村的亲戚们听闻后也会立刻赶来。

死者的家人先要做食人前的准备工作。他们走遍整个村子，挨家挨户拆下一根木头房梁，屋顶随即变得摇摇欲坠。人类学家贝丝·考克林认为，摇摇欲坠的屋顶意在提醒人们，死亡撼动了整个村落的安宁。他们把从各家取下的房梁绑在一起，用羽毛予以装饰，一副木架便制作完成。

最后，死者的家人抬出尸体，把尸体切成碎块，用叶子包住掏出的内脏，肉块则直接放在架子上烤。村里的女人们还准备了玉米面包。

瓦里人不觉得烹调人肉有任何不妥。在他们看来，人肉不过是另一种“可食用的肉类”罢了。瓦里人对动物和人的理解与我们截然不同。他们认为，动物是有灵性的，动物既不从属于人类，也不比人类低级。每一天，人类和动物都在进行猎人与猎物角色的转换。美洲虎、猴子和貘很可能把自己当作人类，同时又把人类当作野兽。瓦里人尊重他们吃下的一切肉类，不管是人的还是动物的。

然而，烤熟的人肉并不是给死者妻儿等直系亲属准备的，只有和死者血脉不是很近的人才能享受这份殊荣（你没看错，这的确是一种荣誉）。比如姻亲、远房表亲、部落成员等，统称为“死者的亲缘关系”。他们不是报复心强的嗜血狂魔，也不是渴望人肉滋味的变态，更没有觊觎人肉中的蛋白质——这些可都是人们常说的食人动机。事实上，由于亚马孙雨林温暖、潮湿的气候，尸体在屋外放置几天之后都会有不同程度的腐烂。吃掉一具腐烂而恶臭的尸体，是怎样一种体验呢？这些姻亲不得不吃一会儿吐一会儿，然后回来继续吃。他们其实是在强迫自己进食，仿佛这种行为意味着他们对死者及其家人最深切的哀悼。

食人与保持自己的生命力和获取死者的能量无关，食人是为了毁灭肉体。把尸体整个埋在土里，瓦里人光是想想就觉得害怕。只有吃掉才能彻底瓦解并毁掉肉体，这才是他们渴望的。吃完尸体上的肉，还要把骨头火化。这样一来，尸体才算完全从这个世界上消失，这对死者的家人和部落来说是莫大的安慰。

死者生前的痕迹也要被处理掉，不然整个丧事就算不上完整。处理完遗体之后，死者的所有财产都要被销毁，包括他生前种的庄稼和建造的房屋，必须统统烧掉。死者的家属可谓失去了一切，这时他们的亲戚和部落里的族人就要照顾他们，帮助他们重建家园。他们确实得到了应有的照料，死者的丧事加固了族人间的信任。

二十世纪六十年代，巴西政府强行要求瓦里人放弃食人，改用土葬。让自己故去的族人躺在地里腐烂，无疑与瓦里人的信仰和习俗相左。只要肉体还在，生者就会一直被失去亲人的痛苦折磨，想忘掉都难。

要是在北美洲，我们会先进行“防腐”，即长时间地保存尸体，然后把尸体放进棺材埋入地下——对于瓦里人来说，这种做法不仅无礼，而且陌生。都说西式葬礼意味着“真理和尊严”，但这种真理和尊严不过是我们自身文化的产物。

刚来西风火葬场上班时，我对现代防腐技术一无所知，只知道尸体都要经过防腐处理，这种狭隘的认知显然来自我身处的“意义之网”。在我十岁那年，我表姐的公公阿基诺先生去世了。阿基诺先生是一名虔诚的天主教徒，掌管着一个夏威夷菲律宾裔大家族。葬礼在卡帕里一座古老的天主教堂举行。我和我妈跟在人群后面，排队等待瞻仰他的遗容。快要轮到我们时，我站在棺材边上，瞥见了躺在里面的阿基诺伯伯。他看起来简直像个假人。灰暗的皮肤紧绷绷的，一看就是血管中注入防腐液产生的副作用。几百根蜡烛环绕在棺材周围，在烛光的映照下，他的嘴唇几乎呈艳粉色，油亮亮地反着光。阿基诺伯伯生前风度翩翩，死后竟变成了一具自己蜡像的复制品。成千上万名美国儿童都有过我这种经历，他们匆匆从棺材旁走过，与打过蜡的亡魂擦肩而过。

在我看来，愿意从事给死人上蜡这种悲催职业的，长相应该和《亚当斯一家》里的怪人林奇差不多：面容憔悴，双颊干瘪，身形又瘦又高。林奇的长相加上二十世纪五十年代恐怖片中送葬人的造型，就是我心目中遗体防腐师应有的模样——身穿实验室用的白大褂，把荧光绿色的液剂一点点注射进死人体内。

不过，我这番想象绝对不适用于西风火葬场的防腐师。他叫布鲁斯，是个非裔美国人，一周来火葬场几次，给尸体防腐。他满头银发，却一脸稚气，看起来天真无邪，就像六英尺高的加里·科尔曼，五十岁的人有一张二十岁的脸。他是个大嗓门，说起话来铿锵有力，整个火葬场都能听见。“你好呀，凯特琳！”他热情地向我打招呼。

“嘿，布鲁斯，你好吗？”

“你知道的，姑娘，和往常一样，又一个和尸体做伴的日子。”

从技术上来说，我现在接受的是火葬场运营方面的培训，以后要做麦克的副手，但布鲁斯曾在旧金山殡葬学院——就是被西风火葬场抢走处理流浪者和穷人尸体的生意，最后不得不关门大吉的那个机构——担任过防腐技术副讲师。虽然之后旧金山再也没出现过殡葬学校，但布鲁斯骨子里还是一副讲师的派头，逢人便要传道授业几句。不过，现如今的殡葬学校可入不了他的法眼。

“要是在以前，凯特琳，学这门手艺就等于学一门艺术。防腐意味着让尸体保持原状，而现在这些殡葬学校，我真不明白他们在教些什么。他们的毕业生给尸体放血时连血管都找不着。想想二十世纪七十年代那会儿，防腐师每天都得跟尸体打交道，睁开眼睛就是尸体——尸体、尸体、尸体、尸体……”

北美殡葬行业从业者声称，现代防腐技术传承自几千年前的古埃及人，可谓师从最资深的尸体保存专家，以至于现在的丧葬承办人都是一副继承了古代文明的架势。

明眼人一眼就能看出来这种说法漏洞太多。防腐师可以宣称自己的手艺源于古埃及人，但是美国人在十九世纪六十年代早期才开始运用防腐技术，图坦卡蒙时代和十九世纪初美国的防腐技术水平分明相差一条银河。

古埃及人用的技法和你家当地殡仪馆使用的技术完完全全是两码事：大约两千五百年前，埃及贵族的尸体都会经过精心细致的处理，整个过程需要几个月才能完成；而你家附近的殡仪馆，从头到尾只用三四个小时就能搞定一具尸体。换句话说，如果防腐师肯在你身上花上三四个钟头，你这辈子就算是值了。几年来，大型殡葬企业不停地收购地方“老字号”殡仪馆。一方面打着“老字号”的招牌拉拢人心，一方面却哄抬服务价格，垄断防腐设备。这样一来，尸体处理几乎成了流水线操作，防腐师承受着巨大的工作压力，忙着在规定时间内“加工”好一具完整的尸体。

古埃及人认为，为尸体防腐是一种宗教行为，每一个步骤都意义非凡——不管是用长长的铁钩伸进鼻腔把大脑捣碎，把内脏放进带有动物头形瓶塞的卡诺匹斯罐[1]，还是将尸体置于碱盐中四十多天，直到水分被全部吸干。北美洲的防腐师没有大脑搅拌钩和内脏存储罐等装备，他们只会在尸体身上打洞，排干血液和其他液体，然后注入烈性防腐剂。最关键的是，现代防腐技术的诞生和信仰毫无关联，完全是市场和消费主义作用下的产物。

就在这一天，布鲁斯的工作台上躺着一个人，身份远没达到享受埃及防腐特权服务的标准。他叫克里夫，是一名越战老兵，孤身死在旧金山退伍军人管理局医院。像克里夫这样的老兵，防腐和安葬（于国家军人公墓）的费用全部由美国政府承担。这些男人——偶尔也有女人，死去的时候身边一个人都没有，没有朋友，也没有亲人。

布鲁斯拿着手术刀，在克里夫的喉咙下方比画着：“好吧，我们现在开工。首先要给尸体放血，然后冲洗血管，就

1 卡诺匹斯罐：古埃及人制作木乃伊时用作保存内脏，以供来世使用的器具。

像清理汽车的散热系统。”

说着，他切开一道口子。我满心期待鲜血飞溅的场面，没想到伤口干净得很，完全没有肢解电影里那种视觉冲击力。“尸体在医院放得太久，已经不新鲜了。”布鲁斯无奈地摇摇头。

布鲁斯把福尔马林和酒精倒入玻璃缸搅匀，调配成防腐专用的“粉红鸡尾酒”——血液抽干以后，就由这种粉红色的防腐剂取而代之。他戴着手套，把手指伸进克里夫喉咙上的切口，一下撕开颈动脉，插入一根细细的金属导管。导管的另一端连着一根粗点儿的橡胶管。布鲁斯拧开玻璃缸下方的开关，玻璃缸震动了一下，发出嗡嗡的响声，粉红色的液体随即一涌而出，流入克里夫的循环系统。当防腐剂不断流入颈动脉时，置换出的血液从颈静脉喷出，顺着操作台流进水槽。

“血就这样随随便便流进下水道？不会有问题吗？”我问。

“当然不会了。你想不想知道下水道里还有什么？”布鲁斯说道。好吧，我得承认，和他说的那个玩意儿比起来，尸体的血算不上恶心。

“他的血不算多，凯特琳。”布鲁斯继续说，“如果我处理的是一具刚做完尸检的尸体，浑身上下早就血淋淋的了，才不像电视里演的那样干净。想想O.J. 辛普森的案子吧。”

“等等，你是说O.J. 辛普森？这和他有什么关系？”

“瞧，我在殡仪馆上班，对吧？我把尸体切开，身上难免会沾上血迹。特别是切开动脉的时候，血会流得到处都是——你知道，就是血该有的样子。人们都说O.J. 辛普森用刀杀了两个人，但他逃离现场的时候，车里只有三滴血。”

“好吧，布鲁斯，凶手应该另有他人？”我问道。

“不管是谁干的，他一定是把自己从头到脚裹得严严的。如果你浑身沾满了血，根本就洗不掉。看过CNN（美国有线电视新闻网）报道的犯罪现场吗？现场一片狼藉，血腥极了。我的重点是，凶手肯定会留下痕迹。”

布鲁斯滔滔不绝地破起了案。与此同时，他正在用海绵给克里夫擦拭身体，并轻轻按压他的全身，以加快防腐剂在血管中的流动。一个成年男子给一个尸体擦澡，这幅画面看起来实属诡异，不过我已经适应了西风火葬场的风格，可以做到见惯不怪。

随着福尔马林混合物的不断注入，克里夫的鲜血顺着操作台的斜面流入下水道。福尔马林在常温下呈气态，无色透明，属于致癌物。克里夫显然不用为患上癌症操心，但布鲁斯就不一样了，不留心点儿的话，说不定会发生什么。美国国家癌症研究所称，遗体防腐师患上骨髓性白血病、骨髓组织增生异常和血癌的概率逐渐增高。防腐师靠给别人放血而生，却被自己体内的鲜血“背叛”了，这太讽刺了。

用化学制剂给尸体防腐的方法诞生于美国内战爆发之后，也就是说，十九世纪中期以前，美国人还从未享受过克里夫的待遇。那时的人们都自己动手，在家处理亲人的尸体。死者通常在亲朋好友的陪伴下，在床上一命呜呼。与死者关系最近的家属负责清理和包裹尸体，然后把尸体安放于客厅，连续几个晚上在旁守灵——“守灵”一词源于古英语，意思是“守望”，不是人们通常说的“守护灵魂”，好像尸体会突然复活似的。

为了防止尸体在家中腐烂，人们想出了不少新奇的点子，例如用醋浸泡裹尸布、在尸体下方铺满冰块等，这些都是十九世纪发明出来的。守灵期间有食物和酒水供应，带着一种送别死者离开的意味。对此，美国丧葬习俗研究者加里·拉德曼的解读是：“虽然死者已经失去了生命的火花，但根深蒂固的社会风俗仍要求生者给予他们适当的尊重和关怀。”

守灵的那几天，死者亲属还要制作一副木制棺材，有时得委托当地木匠完成。棺材为六边形，底端比上端狭窄，表明是专门用来装死人的。和以前不同，现在流行两端一样宽的矩形设计，连称呼都从“棺材”变成了“灵柩”。守灵于几天之后结束，家属把尸体放入棺材，扛到附近的墓地埋掉。

到了十九世纪中叶，纽约、巴尔的摩、费城、波士顿等工业化大城市已经发达到将殡葬作为一项产业。与农场和小镇不同，大城市分工明确，殡葬承办人成为一种职业，虽然工作不外乎贩卖葬礼用品和装饰。比如，制作棺材、出租灵车和葬礼马车、兜售丧服和珠宝等。他们同时也从事其他生意赚点儿外快，所以你会发现两百年前的广告特别搞笑，如：“约翰·詹森——葬礼承办人，其他业务包括拔牙、点灯、造房、打铁、做家具。”

内战迅速成为美国历史上最惨烈的战争。一八六二年九月十七日发生的安提塔姆会战，被“誉”为内战中（也是美国历史上）日伤亡最大的战役，共有两万三千人死在战场上。他们鼓胀的尸体上爬满了蛆虫，旁边躺着死状同样凄惨的马和驴子。四天后，宾夕法尼亚第一百三十七团到达现场，团长不得不要求上级同意他的士兵先喝酒再埋尸体，因为只有在酒精的麻醉下，这个任务才可能完成。

南北双方开战的四年间，许多家庭很难把儿子和丈夫的遗体从前线领回来，因此尸体一般由火车运回故土。然而，南方夏日的高温导致尸体严重腐烂，腐尸散发的气味远不止难闻那么简单。

联邦军的军医记录道：“维克斯堡战役时，交战双方不得不短暂休战，因为没人受得了烈日下那股扑鼻的尸臭。”可想而知，用火车将如此令人作呕的尸体运到几百英里开外，再爱国的列车长也不会受这份罪的。铁路公司开始拒绝运输死尸，除非是密封在铁棺材里的尸体，但是铁棺材造价高，大多数家庭根本买不起。

有些人立即嗅到了商机。如果死者的家人同意支付费用，他们就用一种名为“防腐”的新技术保存尸体——可在战场上当即操作。哪里爆发了战役，他们就跟到哪儿。防腐师可谓美国最早一批发灾难财的人。面对激烈的竞争，据说他们经常放火烧掉同行的帐篷，还在当地报纸上登广告：“经我们防腐处理的尸体，永远不会变黑！”为了让客户信服，防腐师会处理一具无名死尸，然后将防腐后的成品摆在外面示众，以此证明自己的技术超群。

战场防腐师的设备异常简陋，一块木板架在两个木桶上就是操作台。防腐师往新鲜尸体的颈动脉中注入化学药水，成分包括“砷化物、氯化锌、二氯化汞、氧化铝的盐类、铅糖，以及盐性、碱性和酸性物质”。托马斯·霍尔姆斯医生声称，内战期间，他一个人用上述配方为四千具士兵的遗体做了防腐处理，每具收费一百美元。殡葬业至今有人把他奉为“防腐之神”。承担不起昂贵化学药水的家庭，只好选择更实惠的方法，也就是取出尸体的内脏后，用木屑填充空空如也的体腔。污损尸体对新教徒和天主教徒来说都是一项重罪，但是一想到能与所爱之人重逢，宗教理想可以先放一放。

即使在现代，清除内脏也是防腐的必备程序之一，只不过不往里面塞木屑罢了。要说现代防腐行业的肮脏小秘密，最卑劣的当数套管针的使用。那是一种细长的活塞针管，金属质地，大小和绝地武士的激光剑柄差不多。布鲁斯像挥舞着“王者之剑”似的举起套管针，径直戳进克里夫的肚脐下方，在里面一通猛刺，肠子、膀胱、肺、胃等全都遭了殃。这么做是为了用套管针吸出内脏中所有的气体、液体和废物。伴随着一阵恶心的汩汩声，一股棕色的液体从针管流出，顺着水槽进了下水道。布鲁斯把套管针倒过来，但他没有继续抽取体液，而是从针管的另一头，向胸腔和腹部注入更高浓度的“粉红鸡尾酒”。

布鲁斯一脸镇定地戳着克里夫。在他眼里，防腐不过是他几十年来熟练掌握的一门技术，就像克里斯把运送尸体比作“搬家具”一样，不需要对每具尸体都投入感情。他毫不犹豫地用套管针在克里夫体内搅动，全程还一直陪我聊天，自在得如同一边喝咖啡一边跟朋友闲聊。

“凯特琳，你知道我正在想什么吗？”他刺了克里夫一下，“那些该死的鸽子，你知道吧，就是葬礼上放飞的鸽子……”他又刺了一下，“那些鸽子可挣钱了，真的。我决定搞一些来。”一口气刺了三下。

美国内战时期给尸体防腐是有原因的。家属需要死去亲人的尸体完成仪式，送他们走完最后一程。即便现在的尸体不需要远程运输，防腐也很有必要，就像布鲁斯说的：“防腐对你来说有用吗？没有，但如果你要让他辗转于殡仪馆、教堂等好些地方，折腾得跟《伯尼的周末》[1]似的，那你最好给他做做防腐。”这么说的话，克里夫其实用不着，因为明天他就要葬在萨克拉门托国家军人公墓了。

防腐说起来简单，但收益可不简单。虽然法律没有规定每具尸体都要进行防腐处理，但防腐是北美殡葬业的首要业务程序，而殡葬业在北美已成为价值数十亿美元的产业。正是因为有防腐处理，整个行业一百五十多年来才一直兴旺不衰。如果没有发明防腐，殡葬师说不定还在一边卖棺材，一边给人拔牙呢。

---

1 《伯尼的周末》：又名《老板度假去》，美国喜剧电影。

那么，我们为何会如此推崇防腐，以至于把阿基诺伯伯装点得不伦不类，像个道具似的躺在棺材里？我们为何理所应当地认为防腐属于标准程序，而没有询问有关部门是否需要给克里夫进行处理？十九世纪末，殡葬师认识到他们的专业性需要由尸体呈现。尸体有可能而且也确实成了一种产品。

奥古斯特·伦瓦尔是美国最早从事防腐工作的人之一，他在一八八三年时说过：“公众曾一度认为，殡葬师是一个连傻瓜都能干的职业。然而，防腐技术令人们惊奇不已，认为保存尸体是一个‘神秘’和‘高深莫测’的过程，因此对从事该领域的专业人士特别尊敬。”

在殡葬业发展早期，人们之所以觉得傻瓜都能当殡葬师，是因为这一行没有什么国家统一资格认证或标准。所谓的专家从一个镇子来到另一个镇子，教授为期三天的防腐课，课程通常以“专家”推销自己代言的防腐剂告终。

但短短几十年间，防腐师改头换面，彻底摆脱掉小商贩的嘴脸。防腐剂生产商将防腐师塑造成接受过专业训练的技术人才——既关注公共卫生，又懂得审美，经过他们处理的尸体漂亮得可供人欣赏。他们大肆宣传这种形象，仿佛科学和艺术终于在这个领域完美地合二为一。类似的广告铺天盖地，刊登在诸如《裹尸布》《西方殡葬师》《光明》

等业内刊物上。

掌握了防腐技术的新派殡葬师开始向公众传递这样的信息：他们的技能可以保护公众远离疾病的侵害，他们的美学可以给死者家属留下“最美的回忆”。是的，他们靠死人发财，但医生不也一样吗？难道防腐师就该白白干活吗？当然，在没有防腐师的情况下，几百年前的人也能在家把尸体处理得妥妥的——这个暂且不谈。防腐技术犹如神奇秘方，要是没有它，再专业的人也不能称为专业。

青木新门是当代日本的一名入殓师，他的工作包括尸体清洁、入棺等，他有过一段因从事殡葬业而被社会排挤的经历。他的亲戚与他断绝来往，妻子也拒绝和他同床，因为他们觉得他身上“沾了脏东西”。于是，青木买了白大褂、口罩、手套，每次上门服务时都穿戴整齐，像一名医务人员。人们的态度发生了逆转，对他的新形象特别买账，张口闭口叫他“大夫”。青木的美国同行也是类似的做法——打扮成“医学出身”的样子才有说服力。

看着布鲁斯给克里夫做完全部处理，我想起了黄先生的家人见证火葬那天，我发誓要自己动手火化家人的遗体。

“布鲁斯，我觉得我可以火化我的妈妈，但我真不忍心像你这样给她进行防腐。”我说道。

令我吃惊的是，布鲁斯竟然同意我的观点。“是的，你根本做不到。也许一开始你觉得自己能行，但当她一动不动地躺在操作台上，你能割开她的喉咙把管子插进去？你还能把套管针插入她的身体？这可是你的妈妈呀。除非你铁石心肠，否则根本下不去手。”

说到这儿，布鲁斯停下手上的活儿，认真地看着我的眼睛。他的一番话让我深思，我能感觉到，这份工作对他而言不只是谋生那么简单。虽然布鲁斯看起来咋咋呼呼，时不时还会有“靠贩卖葬礼白鸽致富”这种不靠谱的想法，但他是个哲人。“这么说吧，你在妈妈肚子里待了九个月，然后来到这个世界上。妈妈的肚子就是你的故乡，没有她，就没有你。难道你要拿套管针又扎又刺，亲手毁灭生你的地方？你真的想这样做吗？”

在中国的西藏山区，地面全是岩石，不适合土葬，树木也少，没法制作火葬用的柴堆，人们只好用其他方式安葬死去的族人，比如天葬。

在世界上一些特殊地区，由于殡葬文化不同，处理遗体的独特方式不仅令外行人吃惊不已，也对我们自己的“意义之网”有所挑战。但是，瓦里人和藏族人对待遗体的所作所为，与布鲁斯对克里夫的做法存在本质上的区别。瓦里人的信仰要求肉身必须彻底消失；藏族人相信灵魂升天之后，无用的尸体可以造福其他生灵。我们北美人给死者防腐，但并不信奉防腐本身。防腐不是一种仪式，不能给我们带来内心的平和，但能让我们挣九百美元。

如果连布鲁斯这样的专业人士都不愿意给自己妈妈的遗体做防腐，我很纳闷：我们为什么还要给别人做防腐呢？

第七章 魔鬼圣婴

噩梦降临，揭示了无名的疯狂，

烹煮的胎儿，只为撒旦的盛宴。

老巫婆盯着沸腾的汤锅，

献给魔鬼一截婴孩的小腿。

——《灯塔》，夏尔·波德莱尔

如果你是一名中世纪历史专业的毕业生，你会发现自己找到工作的可能性基本为零。在网上搜索“中世纪”和“历史”两个关键词，结果显示你的最佳职业选择就是打扮成村姑的模样，在“中世纪时光”游乐场卖蜂蜜酒。读研便成了你的唯一出路（真的，我没开玩笑），你一头扎进十三世纪法国泥金装饰的手抄本中，把七年的光阴拱手送给了落满灰尘的古书。你眯着眼睛、驼着背，费尽心思地钻研那些字迹模糊的拉丁文，期待有朝一日能混进大学教书。

我确实考虑过学术生涯，但我既不聪明，也没耐性，只好打消这个念头。和象牙塔的生活比起来，外面的世界太过残酷无情。大学四年我唯一拿得出手的，就是写了五十页的学士学位论文，题目叫《我们的形象：中世纪晚期巫术理论中对恶魔诞生的遏制》。

这篇论文主要讲述中世纪晚期的女巫审判，我曾一度将其视为人生中的一大著作。我所说的女巫，不是头戴黑色尖帽、脸上长疣的万圣节贺卡巫婆，而是在中世纪被指控使用巫术而处以火刑的女性（有时也有男性）。据不完全统计，整个西欧至少有五万人受到过使用邪术（有害的法术）的指控，他们不是被烧死就是被吊死、淹死，死前还惨遭各种非人的折磨。但这五万仅仅是被处死的人数，因这种莫须有的罪名而受到审讯的人简直数不胜数。

遭受迫害的人以女性居多，罪名可不是使用幸运兔脚和媚药等入门级巫术，而是与撒旦缔下契约，传播死亡，祸害人间。那时的欧洲人没什么文化，认为女巫和恶魔达成交易的方式只有交媾，也就是所谓的以性封缄。

人们相信，这些女巫除了在黑弥撒中与撒旦淫乱，还拥有召唤风暴、毁灭农作物、让男人阳痿、夺取胎儿性命的能力。中世纪和宗教改革时期发生的一切不可控事件，恨不得都归到女巫头上。

二十一世纪的人才不会把巫术当回事，我们会用轻蔑的口吻说：“得了吧，我可不觉得骑着扫把飞的巫婆和肉体交易有什么了不起，中世纪的家伙太小题大做了。”但是，中世纪的男女老少都坚信巫术确实存在，就如同我们坚信地球是圆的、吸烟能致癌的道理一样。不管住在城里还是乡下，农民还是教皇本人，他们都相信女巫就生活在他们中间——杀婴儿，毁庄稼，用下流的姿势和撒旦性交……

十六世纪最出名的一本书当数《女巫之锤》，由宗教裁判官亨利希·克拉马所著，专门教人如何猎杀女巫。如果你想找出村子里的女巫并把她解决掉，此书就是你的应用指南。书里貌似假借一个瑞士女巫之口，以第一人称叙述了女巫对新生儿实施的罪行：

> 我们是有一套方法的，主要向未受洗礼的婴儿下手……我们施咒害死摇篮里的婴儿，或者趁他们在父母身边熟睡时动手。这种方法的好处是，父母要么认为自己不小心压死了小孩，要么认为孩子死于自然原因。然后，我们偷偷把死去的婴儿从坟里挖出来，放进大锅

里……我们的法力、性欲，还有飞行的魔力，全靠婴儿体内的精华。

被告女巫对杀害婴儿的指控供认不讳，还承认了一系列令人发指的行径——实际上大多数供词都是强行逼供的结果——比如吃婴儿的肉、喝婴儿的血。

我之所以要提起女巫谋害婴儿的历史，是想说明我还没有见过死婴什么样，就写了一篇关于死婴的论文。当翻开人生崭新的一页后，我觉得终于能和往事说“拜拜”了——“见鬼去吧，中世纪巫术理论；见鬼去吧，迂腐、脆弱的死亡哲学；我必须停笔，无须在没人爱看的理论上纠缠；我正全心全意地投入实践！我每天汗流浃背，火化尸体，只为得出眼见为实的结论！”但是，摆脱过去重新来过可没那么容易，女巫害死的宝宝正寸步不离地跟着我。

我之前提到过，进入西风火葬场的冷库后，首先映入眼帘的是一摞高高堆起的棕色纸箱，每个纸箱都贴有标签，表明里面躺着一具新鲜的死尸（有时也不是特别新鲜）。而那些死去的小可怜儿，也就是婴儿的尸体，一般不会放在这么显眼的地方。他们静静地躺在冷库角落里的金属架上，宛如一个悲伤的小花园。大一点的婴儿裹在厚厚的蓝色塑料袋里，你要是打开袋子，就会发现他们几乎和普通的宝宝一样——头上戴着小小的毛线帽，脖子上挂着心形吊坠，手上还戴着小手套。如果身上不是冷冰冰的，你会真以为他们“只是睡着了”。

小一点的婴儿——确切来说应该是胎儿，还没有你的手掌大，所以没办法用塑料袋包裹，只能泡在盛有福尔马林的罐子里。他们浮在里面，像是中学实验课用的标本。英语中有很多委婉的词语用来形容难以令人接受的事物，比如我们称这样的胎儿为“夭折”，但其他语言比英语大胆得多，比如西班牙语 nacido muerto、德语 totgeboren 和法语 mort-né，直接称其为“死胎”。

这些婴儿来自伯克利和奥克兰的大型医院。如果婴儿死在母亲的子宫里，或者在出生后不久就夭折了，医院会负责承担婴儿火化的费用，不用家长掏一分钱。医院很慷慨，即使殡仪馆一般给打折，火化婴儿也得花上几百美元。当然，没有一个母亲愿意从医院得到这种免费服务。

我们从医院收殓婴儿的尸体，安放在冷库的“小小花园”中。一周有时只有三四具，有时会更多。我们每火化一具婴儿尸体，医院就寄给我们一张支票。与火化成年人的手续不同，婴儿尸体到达火葬场之前，医院就已经填好了加利福尼亚州死亡证明。这样一来，我们就不必缠着刚刚遭受丧子之痛的母亲，例行公事地问她问题。（“你上一次月经是什么时候？怀孕时抽过烟吗？一天几包？”）

有一次，克里斯去旧金山湾另一头的法医办公室收殓尸体，麦克便派我去医院取回本周的婴儿。我感觉这种活儿稍不留神就会搞砸，于是要求他仔细给我讲一遍流程。

“医院后面有个卸货处，你把车停在那儿，然后到护士站告诉护士你来取婴儿遗体。他们会给你一些表格，你填完就能把小孩领走了，没什么难的。”麦克保证道。

十分钟后，我把车停在医院后面的卸货处，推着轮床进了医院。给婴儿用成人尺寸的轮床的确有些可笑，但比起把婴儿夹在腋下，大摇大摆地穿过走廊，还是轮床更保险。我都能想象自己手忙脚乱的模样，不停地把婴儿掉在地上，就像一个手里拎着超多杂物的妈妈，恨不得赶紧抄近道把东西放到车上。

按照麦克所说的，我先去护士站报到。可到了之后，我还是觉得这事儿有些难以启齿。和不认识的人初次见面时，我会习惯性地灿烂一笑，跟人家寒暄几句，但如果是去取尸体，我就笑不出来了，免得看起来欠揍。“嘿，你今天怎么样？我来取婴儿的尸体。顺便说一句，宝贝儿，你的耳环真漂亮。”但话说回来，如果你一边低头摆弄手指，一边面无表情地告诉人家你来干吗，你就成了殡仪馆来的怪胎。所以，你得把握好分寸：活泼，但不失严肃。

几个护士交头接耳一番，确认我有资格领走婴儿的遗体，就让保安领我到医院的太平间。保安是个凶巴巴的女人，对我此次来访的意图清楚得很，一点儿想配合的样子都没有。我笨拙地试图把轮床推进电梯，几次都磕到了墙上，最后总算成功搞定。电梯里只有我和她两个人，气氛着实有些尴尬。

女保安提出的第一个问题非常合理："你为什么推个轮床？"

"这个嘛，"我回答说，"你知道的……就是把婴儿运出去。"

她很快又说："之前那个人用的是小纸箱。那个人今天怎么没来？"

一个纸箱？那个人真是个天才。这是个谨慎的做法，不仅方便携带，而且合乎情理，一次还能装下好几个婴儿。麦克为什么没告诉我？我真是太失败了。

女保安打开太平间的大门，示意我进去，她自己却往门口一站，双臂交叉在胸前，一脸嫌弃地看着我。屋子里摆着好几排一模一样的不锈钢冷柜，我完全不知道婴儿放在哪个里面，只好硬着头皮向她求助。

"怎么，你不知道？"她冷冷地说，然后慢慢抬起一根手指，指向其中一个冷柜。我把婴儿一个一个从里面拿出来，固定在轮床上，整个过程看上去愚蠢透顶。女保安跟在我身后，监视着我的一举一动。我默默祈祷死神教母赶紧现身，用魔法把轮床变成纸盒、牛奶箱或者其他什么玩意儿，只要别让我用成人尺寸的轮床推着这些小尸体“招摇过市”就行。

就当我觉得终于可以“活泼但不失严肃”地溜之大吉时，女保安给了我致命一击：“女士，你要在这些表上签字。”我身上带笔了吗？——呵呵，当然没有。

我看到她上衣口袋里插了几支，于是说道：“不好意思，能借你的笔用一下吗？”这时，她向我投来一道目光，眼神里充满了嘲讽和轻蔑，好像是我亲手害死了这些婴儿，而且毫无悔过之意。这应该是我迄今为止被人鄙视得最狠的一次。

“那你得把手套摘了。”说着，她瞥了一眼我的手，意思是我还戴着搬婴儿用的橡胶手套呢。

说实话，我也不知道自己是否愿意把笔借给一个刚摸完婴儿尸体的人（毕竟对美国医院这种官僚机构来说，签字笔属于宝贵的办公资产），但她这句话已向我表明，她其实非常惧怕死亡。我对她总是笑脸相迎，笨嘴拙舌地表达歉意，解释自己还是个新手，但不管我怎么做，她都当我是地狱的使者、肮脏的变态狂。她觉得在医院当保安没什么，但总去太平间就有些过了。我摘下手套，在表格上签好字，然后推着婴儿向我的车走去。我想，这是他们最后一次躺在“推车”里“散步”了。

火化婴儿和火化成人的流程差不多。我们先登记婴儿的名字，前提是他们的父母给他们取好名字了。在通常情况下，标签上只写着“约翰逊宝宝”或“桑切斯宝宝”。最令人心碎的，莫过于婴儿已经有了自己的全名（哪怕不太好听，例如把“凯特琳”改作“凯特·琳恩”），因为这意味着父母已经做好了迎接新生命到来的准备。

我们没有专门把婴儿尸体送入火化炉的设备，不像火化成年人时有传送带可以用。这时就需要火化工，也就是我，完美地把婴儿抛进去：婴儿脱离我的手，稳稳地在炉顶主喷火口的正下方“着陆”。一定要保证婴儿落在正确的位置，不过不用怕，练练就熟了。

婴儿火化一般安排在全天工作的最后进行。经过一天的燃烧，火化炉内壁温度极高，几乎能把婴儿烤化。所以，麦克经常让我在下班前少烧一具成年人的尸体，用省出的时间“多解决几个小的”。

火化成年人需要几个小时，其中包括火化本身和系统冷却的时间。婴儿最多用二十分钟即可。我开始给自己设立目标：好的，凯特琳，现在几点了？下午三点一刻？我敢说你五点前一定能烧完五个婴儿。加油，宝贝儿，五点前五个，你肯定能做到！

很可怕是吧？确实有点儿。但我不能每烧一个婴儿就沉浸在悲伤中——他们那么小，还未来得及享受世间的爱，便悄然离去——不然我一定会发疯，最后落得和女保安一个下场：幽默感全无，并且心怀恐惧。

如果要火化那些包在蓝色塑料袋里的婴儿，我会先解开塑料袋，把婴儿露出来。我这么做不是为了观察死婴，满足自己病态的好奇心，而是觉得我必须如此，因为我不想像丢弃医疗废物似的处理他们，仿佛他们从未存在过，不值得我留念。

我不止一次发现，袋子里有时装的是畸形儿——长着过大的脑袋、重叠的双眼、扭曲的嘴巴。启蒙运动之前，欧洲人对婴儿为何畸形的解释五花八门，比如畸形是由母亲的堕落造成的，或者是双亲邪恶念想的化身，孩子可怖的模样反映了父母的罪孽。

安布鲁瓦兹·帕雷在其十六世纪中期写作的《怪物与奇迹》中，列出了一系列导致出生缺陷的原因：上帝的愤怒，精子量过多，子宫病症，母亲无耻的贪欲。现在看来，这些说法都不太靠谱，除非你把怀孕时吸毒的行径列为“无耻的贪欲”（这种形容其实很到位）。

显然很多人不愿意要这样的孩子，纯粹把他们当作累赘。畸形儿很少成为父母的掌上明珠，因为没有人能轻易开导自己——这不过是胚胎进化成婴儿的过程中出现的小差错。奥克兰的贫困率比整个加利福尼亚州都高，毒品和帮派问题层出不穷。西风火葬场火化过肤色各异、来自不同种族的婴儿，看来邪恶勾当已在奥克兰众多社区扎了根。

婴儿畸形的器官在我眼前暴露无遗。他们之所以异于常人，有可能是大自然残酷无情的恶作剧，也有可能是母亲怀孕时沉溺于吸毒等不良生活方式造成的。这没什么好猜的，不过当我连续打了好几通电话，也不见有人来领骨灰时，我好像明白了些什么。

我只哭过一次，为了一个月份稍大点的婴儿。那天下午，我到办公室找麦克，想问问他在尸体运来之前，有什么需要我做的。他回答道：“知道吗，你其实可以……算了，别管了。”

“等等，‘别管了’是什么意思？”我追问道。

“我本来想让你给一个婴儿剃头发。不过别担心，我不会要求你做的。”

“不不，还是我来吧，我能搞定！”和以前一样，我仍然急于证明自己的勇气和专业性。

麦克交给我的是个女婴，已经十一个月大了，死于心脏缺陷。她沉甸甸的，完全是发育成熟的婴儿该有的模样。她的父母想在火化前剪下她的一缕头发，放在项坠盒或戒指里留作纪念，就像维多利亚时代流行的那样。我很敬佩过去的有心人，能够用逝者的头发做成漂亮的珠宝和纪念品。但不知从何时起，我们抛弃了这个传统，以致现在一提到尸体就恶心，更别说留住某个部分作为纪念了，哪怕像头发这么无害的东西都不行。

为了方便操作，我把她小小的身体抱在怀里。这是给婴儿理发的最佳姿势，很容易就能剪掉她软软的金色鬈发。我把剪下的头发装入信封，抱着她走进火化间。我站在火化炉旁，正准备送她进去，突然一下子哭了出来——我们这行很少有人哭，不然没法保证工作效率。

为什么这个婴儿令我如此伤心？

也许因为我刚给她剪了头发，用小毯子把她裹起来，准备送她踏上火的黄泉。我仿佛置身于幻境，在那里，妙龄女子要为死去的婴儿举行神圣的葬礼：她们剃掉婴儿的头发，然后为了整个社会的公共利益，又烧掉了他们的小尸体。

还可能因为她是个漂亮的婴儿，有着粉嘟嘟的小嘴儿和胖乎乎的脸颊，酷似二十世纪五十年代嘉宝食品广告里的小宝宝。虽然她已经死了，但还是和“嘉宝”宝宝一样可爱。

也许她代表着那些我没有为之流泪的婴儿。如果我想保住饭碗，完成下午五点前火化五个婴儿的目标，就没有时间为他们掉眼泪了。

又或者，她的蓝眼睛让我不由自主地想到了自己：现在的我要火化别人，而不是被别人火化；我的心还在怦怦直跳，而她的心已经悄然无声了。

虽然麦克一开始有些犹豫，但我明白他为何让我剪宝宝的头发。麦克有一个五岁的儿子，可爱得像个小天使。像我这种二十三岁的单身女青年都很难面对火化婴儿这件事，更甭说一位慈爱的父亲了。这对麦克而言无疑是一种折磨，虽然他从来不说，但有时我能感觉到他也会心碎。

过去几个月里，我一直认为麦克是个浑蛋，但这是被我曲解的麦克，真实的麦克不是这个样子。真实的麦克娶了一位名叫格薇丽的时髦老婆，生了个宝贝儿子，还在后院建了一个有机花园。麦克之前有很多工作经历，但为了获得移民特赦资格，他决定来西风火葬场工作。我之所以觉得他特别浑蛋，是因为不管我工作多努力，他都无动于衷，对我的努力视而不见。我承认他并没说过我不好，但是他的冷漠让我非常没有认同感。我怕他认为我是个懦弱的人，没办法完成工作，没办法直面真正的死亡，与表现出来的热忱大相径庭。

我跟布鲁斯提起过麦克不想自己处理婴儿的事。他一脸不可思议地看着我，好像我脑子有毛病。“这还用说吗？麦克当然想让你来做。他有孩子，但你没有。殡葬者火化别人的婴儿时会想到自己的孩子。人们年纪越大就越怕死，孩子只会让人揪心，小心点儿。”布鲁斯说道，像是在警告我。

火化完成之后，我的“嘉宝”宝宝仅剩下一小堆骨灰和几块遗骨，和其他火化后的婴儿一样。婴儿的遗骨小得可怜，没必要再用给成年人使用的骨灰研磨机磨成灰。但文化习俗（确切来说是法律）要求我们不能把任何能用肉眼辨识的遗骨交给父母，所以婴儿的遗骨冷却下来后，我只能开启“手动”模式了。我找出一个类似捣蒜罐的金属容器，把股骨和头骨的小碎片放进去，然后用杵臼捣磨，直到变成细细的粉末。捣碎后的遗骨也许只有遗灰的八分之一，但足够父母将其埋到土里，或者装到迷你骨灰瓮中，也可以捧在手里撒入大海。

我写了一篇关于中世纪女巫的毕业论文，她们被指控烤婴儿肉和碾婴儿的骨头。写完论文的一年之后，我发现我也在烤婴儿肉和碾婴儿的骨头。而可悲的是，这些女人并没有真的对小孩下毒手，更谈不上飞去参加恶魔的淫乱派对，但她们还是被绑在刑柱上活活烧死了。相比之下，我确实磨碎了婴儿的骨头，有时他们可怜的父母还因此向我道谢。

时代在变化。

第八章 快速处理

马克 · 阮死的时候才三十岁。他躺在旧金山医学检查部的冷库里等待尸检，而他的母亲此刻正在西风火葬场为他办理火化手续。

“我们需要马克的信息填写死亡证明，所以——请问，马克结过婚吗，阮夫人？”

“没有，亲爱的，他一直单身。”

“有孩子吗？”

“没有。”

“马克的最后一份工作是什么？”

“他没有工作。他从来没工作过。”

“我很抱歉，阮夫人。”我由衷地为她感到难过。白发人送黑发人，她一定痛苦得快要崩溃了。

“哦，宝贝儿，”她无奈地摇了摇头，“相信我，他还是死了好。”

阮夫人的眼泪很久以前就流干了。马克第一次吸毒、第一次进监狱，一直到第六次复吸，马克每次失踪，阮夫人就着急得不得了，生怕他吸毒过量而死。两天前，她在田德龙区一间时租房的地板上发现了马克的尸体。看着他死去的样子，她知道自己终于不用再担惊受怕了。她最害怕的事情已经发生了，她也因此得到了解脱。

等到支付火化费用时，阮夫人掏出一张信用卡，刚要递到我手里就拿了回去。“稍等，亲爱的，我还是用另一张卡吧，这张能兑换里程。瞧，马克至少还有点儿用。”

“你可以去热带地区玩一玩。”我想都没想就脱口而出，好像人家在旅行社似的。不过话说回来，如果你发现你的儿子死在脏兮兮的旅店地板上，难道你不想去新马泰换换心情吗？

“听起来是个好主意。”她一边在收据上签字，一边说道，“我一直想去考艾岛看看。”

“我家在瓦胡岛，但我特别喜欢大岛靠近希罗镇那一带。”我和阮夫人很自然地聊开了。我们讨论了一番夏威夷各个岛屿的优缺点，看看用火化儿子时付费的信用卡换来的里程去哪个岛最合适。

阮女士是我遇到的第一个想兑换里程的人，但对于西风火葬场来说，利用科技手段处理死亡业务可不是什么新鲜事儿。在西风火葬场的车库里，一些多余的骨灰堆积在墙角，墙上挂了一个镜框，里面镶着“火葬预约服务”经营许可证。理论上说，西风火葬场的车库和西风火葬场用的不是同一个地址，“火葬预约服务”也是另一项业务，但都由同一班人马负责。预约服务的独特之处是你在网上就能完成全部火化手续。

如果你的父亲死在本地一家医院，你先登录“火葬预约服务”网站，输入医院的地址，打印出几份表格，签完字后传真到指定号码，然后在网上输入你的信用卡号。用不着工作人员帮忙，你自己就能完成全部流程。不过，就算你想找人帮忙，也没有服务热线可打，因为所有问题只能发邮件咨询，邮箱是 info@baysidecremation.com。两周之后，邮递员就会把你父亲的骨灰送到你家，用的是挂号包裹，需要你本人签收。没有殡仪馆，没有悲伤的家人，不用目睹父亲的尸体——只要 799.99 美元，你就能享受这一切。

你轻松了，但我们的工作流程没变。我或克里斯还得去收殓尸体，填写死亡证明，用火化炉火化尸体。“火葬预约服务”模式让我们彻底免于和亲属打交道——虽然使用传统模式时，我们也没怎么和亲属互动。

防腐师布鲁斯特别看重由活人料理死者的后事。“瞧，凯特琳，电脑可不会火化尸体。”来西风火葬场工作之前，他在另一家火葬场当防腐师，那里的人用电脑计时器掌握火化进度。“从效率的角度来说，你觉得这个法子还不错，是吧？但如果你没调整好尸体在炉子里的位置，电脑就没用了。电脑不知道尸体没摆好，仍告诉你‘叮……叮，您设置的火化已结束’，其实尸体还没烧干净呢。打开炉门一看，一具半焦的尸体正等着你呢。要是全靠电脑来做，就会是这个下场，伙计。”

绝大多数选择“火葬预约服务”的家庭都是冲着低价来的。试想一下，你有一个六十五岁的妹夫死了，你和他算不上亲近，要不是法律规定火葬属于收费服务，你根本不会愿意为他花一分钱，所以当然是怎么便宜怎么来。马克·阮这种人倒是比较适合预约服务，他这个长期吸毒的瘾君子，在母亲心里早就死过好几回了。但有的人会让我觉得心酸——我们通过预约服务火化过一个年轻人，他只有二十一岁，和我当时差不多大。这个年纪的人的确容易把自己的生活搞砸，但绝不意味着没有机会重新来过。

我总是在想，如果听闻我的死讯，我的父母会是什么反应。我妈也许会和我爸商量：“约翰，咱们是不是该给凯蒂找个便宜的在线预约服务？你还记得吧，上周咱俩在网上订了一份中餐外卖，特别方便。我一点儿都不担心凯蒂宝贝，所以用不着向别人咨询，我看就直接网上办吧。”

我开始担心，如果我英年早逝，我的尸体能不能得到应有的照料。“火葬预约服务”让我产生了一种孤独感。如果我分享了一张自己做尼斯沙拉的照片，我在脸书（Facebook，现更名为 Mata）上的朋友肯定会第一时间评论“好吃”，但我临终前，他们未必会擦掉我额头上的汗水，也不会在我死后清理掉尸体上的粪便。一想到这里，我就有些难过。

“火葬预约服务”中，包好骨灰送去邮寄的工作由我负责。美国邮政管理局规定，骨灰瓮要用深棕色的胶带牢牢裹住，再在外面贴上邮资标签，一般得贴四十多个。准备妥当之后，我来到邮局，把包裹好的骨灰瓮放到柜台上。柜台后上了年纪的亚洲女人一边冲我摇头，一边在盒子上盖上有“人类骨灰”字样的戳。

“是他们的家人要求邮递上门的，我又没强迫他们！”我辩解道。

她仍是一脸看不惯的样子，在盒子上戳、戳、戳。

即使我把骨灰瓮装进纸箱封好，用胶带裹得跟炸药包似的那么结实，还是会有死者家属投诉包装有问题。只要能不给钱，要什么赖的都有。宾夕法尼亚州的一个男子声称，装有他哥哥骨灰的包裹漏了。当时，他正开着敞篷车在公路上高速行驶，包裹放在后座上，撒出来的骨灰全让风吹跑了。这个情节有点儿向《谋杀绿脚趾》致敬的意味，但当我告诉他骨灰瓮裹得有多么严实时，他就再也没提过这事儿，也不再威胁说要起诉了。后来我们发现，他压根儿就没去邮局取骨灰。

每当有人把填好的“预约登记表”传真给我们时，传真机都会发出提示音，提醒我们有传真来了。一听到这个响声，西风火葬场的员工就跟条件反射似的冲过去，因为老板向员工们保证，只要“火葬预约服务”突破第一个一百份订单，就为大家举办庆功鸡尾酒会和晚宴。

某个周二上午，传真机响了，克里斯习惯性地抱怨了几声（鸡尾酒派对等社交活动对他来说没有任何吸引力），起身去取发来的文件。

“天哪，凯特，她才九岁。”

“克里斯，你说她什么？”

“她今年九岁。”

“什么，她才九岁？”我震惊极了，“她叫什么名字，杰西卡？”

“艾什莉。”克里斯摇摇头，叹了口气。

“老天！”

一个名叫艾什莉的九岁女孩，刚刚上完小学三年级，死在了医院里。她的父母把她丢在那儿，直接回家上网输入信用卡号，坐等两周后邮局把女儿的骨灰寄回去。

最后，我不得不直接和艾什莉的母亲通电话，因为不管我们来回发了多少封邮件，她提供的信用卡号始终有误。后来我们才知道，她一直试图用西尔斯百货商店的购物卡支付火化费用。谁能保证西尔斯百货未来不提供一键式火化服务呢？估计到时候他们会起一个委婉点的名字，例如“高温处理服务”，越能掩盖本质越好。这么看的话，艾什莉的家人不是无情无脑，而是“独具远见”。

把一个九岁女孩烧成灰后装进盒子里寄走，这种做法不仅无知，甚至称得上无耻，就像成年人相信孩子是送子鹤送来的一样。但是，西风火葬场的老板乔认为，“火葬预约服务”是低成本殡葬业务的趋势。加利福尼亚州又一次见证了死亡的未来。

格兰岱尔在洛杉矶北边，是一个包罗万象的城市：拥有全美最多的亚美尼亚人口，是“三十一种美国口味冰激凌”的故乡、世界上最知名墓园“森林草坪”的所在地。“森林草坪”不只是个公墓，还是一座“纪念公园”，宽阔起伏的丘陵上没有一块竖碑。不少好莱坞明星都长眠于此：克拉克·盖博、詹姆斯·斯图尔特、亨弗莱·鲍嘉、纳京高、珍·哈露、伊丽莎白·泰勒、迈克尔·杰克逊，甚至还有华特·迪士尼（有传言称，他去世之后尸体就被冷冻了）。

“森林草坪”公墓成立于一九〇六年。一九一七年，一位名叫休伯特·伊顿的商人担任新一任总经理。此人对单调乏味的欧式葬礼恨之入骨，立志打造一个新颖、乐观主义的美式“纪念公园”，彻底向老派墓园——他口中的“阴郁岑寂的乱坟岗”宣战。伊顿用刻着有关死者信息的石板取代了立式墓碑，因为“穿行在（墓地的）墓碑中间实属扫兴”。他把“森林草坪”变成艺术的乐园，竖立起无数座大理石雕像，并称其为“不说话的墓地推销员”。鸭宝宝是他购买的第一座雕塑，一群小鸭子围着一个蹒跚学步的小孩打转。随着墓园里的艺术品逐渐增多，伊顿给了一名意大利艺术家一百万里拉，要求他创作一幅耶稣的画像——“向上看天堂的耶稣，充满了神性光辉，由内而外散发出欢乐与希望的光芒”。直白点儿说，他想要一个“美国人模样的基督”。

伊顿是第一个倡导乐观主义的墓园老板，以“消除一切悲伤”为己任。“森林草坪”引发了一股美化死亡的风潮，备受全美殡葬业欢迎。死亡成了“与生者的告别”，尸体被称为“逝去的挚亲”“遗体”“×× 先生”“×× 女士”。这位“挚亲”经过防腐和化妆等悉心的照料后，就要独自一人在华丽的哀悼室里“沉眠”，等待入土。

一九五九年的一期《时代》周刊称“森林草坪”公墓为“迪士尼死亡乐园”，还称伊顿每天早上都领着员工祷告，提醒他们“推销的是不朽”。当然，并不是谁都能买到不朽。

激进的死亡唯美主义理念令“森林草坪”公墓声名大噪，但也遭到了伊夫林 · 沃的大肆嘲讽。沃在《亲者》一书中写到，伊顿麾下的防腐师团队把每一具送至“森林草坪”公墓的尸体“泡入防腐剂里腌，浓妆艳抹似妖娼，肤色暗红不会烂，能存大约一百年”。

伊顿如同独裁者一般执行他的美丽死亡计划，（在他的强迫下）员工将其视为“元勋”。（这让我想起了上中学时给我整牙的牙医，他从不让自己的助手叫他“医生”或者“黄医生”，提起他时只说“医生他”。这个称谓让我印象特别深刻，虽然我的牙早就歪歪扭扭地变回了原样。比如，“医生他一会儿就来”“医生他上次给你治疗是什么时候”“我得问问医生他的看法”……）

由于“森林草坪”公墓的影响，二十世纪五十年代成为殡葬业的辉煌时代。美国内战后的九十年里，殡葬师设法改变了公众对这份职业的看法。一开始他们不得不靠给人做棺材增加额外收入，后来摇身一变成了化学技术一流的高级人才，打着“改善公共卫生”的旗号给尸体防腐，把光鲜亮丽的防腐成果展示给潜在客户。战后经济繁荣，人们出手阔绰，有实力和别人攀比葬礼的奢华程度。

“二战”后的二十年里，全美的火化率低得令人咋舌，只有百分之三到百分之四。如果死者家属认为，一个由凯迪拉克式窄型棺材、华丽的花艺和防腐后的尸体打造的精致葬礼让他们看起来特有面子，那还要火化做什么呢？经过防腐处理的尸体躺在柔软的垫子上，身穿薄料做成的寿衣，顶着蓬松的发型，以艺术品之姿入土为安。这种庸俗的品位无疑迎合了“二战”后的主流审美，就像宗教学教授、美国殡葬业学者斯蒂芬·普罗特劳所说，“二十世纪五十年代是一个花里胡哨的年代”。

这股“花里胡哨”的风潮没有持续太久。二十世纪六十年代，美国消费者们终于意识到，自己被殡仪馆虚高的价格坑惨了。在公众看来，殡仪馆不再是庄严与正派的代表，殡葬师变成了一群无耻之徒，靠丧事大发横财，占尽了死者家属的便宜。美国社会掀起一场反对殡葬业现状的运动，领军人物当数一位名叫杰西卡·米特福德的女人。

米特福德是一名作家兼记者，出生在一个疯狂而古怪的英国贵族家庭。她有四个姐妹，其中一个加入了纳粹党，成为“希特勒的挚友”。米特福德影响了包括克里斯托弗·希钦斯和玛雅·安杰洛在内的一大票作家。J.K.罗琳称她为影响自己最深的作家，没有之一。

一九六三年，米特福德写了一本名叫《美国式死亡》(*The American Way of Death*)的书，对殡葬承办人大加抨击。作为一名信心十足的共产主义者，米特福德相信殡葬师是一群贪得无厌的资本家，“跟美国公众开了一个巨大、残忍、昂贵的恶俗玩笑”。《美国式死亡》一跃成为畅销书，盘踞《纽约时报》畅销书排行榜榜首数周。此书反响极其热烈，米特福德收到几千封读者的来信，这些人全都认为自己是殡葬业的受害者。她发现基督教神职人员成了自己最坚定的盟友，因为在他们看来，奢靡、豪华的葬礼属于“异教徒行为”。

米特福德很不情愿地承认，“森林草坪”公墓的休伯特·伊顿“也许是现代殡葬史上最具影响力的人物，此外别无他人”。伊顿顺理成章地成为米特福德最深恶痛绝的人。

为了抗议“森林草坪”公墓和其同类推行的价值观，米特福德宣布自己死后不会举办“传统”的豪华葬礼，而是选择经济实惠的火葬。一九六三年可谓火葬之年，这一年，《美国式死亡》一书出版，教皇保罗六世推翻了天主教徒不得使用火葬的禁令，两者联手将美国推入了火葬的潮流。《美国式死亡》刚推出时，大多数美国人还是选择把防腐后的尸体土葬。但在此书出版的数年内，火化率逐年增高。社会学家认为，未来十年内，全美大约一半人口会选择火葬。

米特福德于一九九六年去世，她的丈夫帮她实现了遗愿，将她的遗体直接火化——没有乱七八糟的装饰，没有仪式，没有家人到场，只花了四百七十五美元。她的骨灰装在一次性塑料骨灰盒里。正像米特福德说的，直接火化确实是一个明智、实惠的选择。殡葬业的老家伙们——主要是男人——把直接火化叫作“烧烤乐”或者“快速处理”。他们痛恨米特福德所做的一切，她的死终于给了他们取笑她的机会。

米特福德在英格兰长大，但她的第二任丈夫是个美国人，于是他俩在加利福尼亚州的奥克兰生活了几年。她是在哪个殡仪馆接受了价值四百七十五美元的火化的呢？告诉你吧，就是我们西风火葬场——克里斯亲自收殓了她的尸体。

能够亲手操作火化过米特福德的火化炉，我着实为自己骄傲，说不定殡葬史能因此记载那微不足道的我。我和米特福德一样，不认同以前过分讲究排场的传统葬礼，也不觉得永久性防腐有什么必要，尽管布鲁斯公开表明自己是防腐艺术的铁杆拥护者。米特福德表现出令人钦佩的果敢，她揭开了防腐技术“泡在福尔马林里的秘密”，告诉世人一具尸体“要在短时间内喷洗、切片、穿孔、浸泡、固定、理发、剃须、上蜡、化妆、点缀、穿衣——从一具普通的尸体变为‘美丽的记忆’”。

她的文风大胆，从来不回避生动的细节，以至于原先的出版社不得不警告她，书的“篇幅太长，防腐过程描写得太细，不太好卖”。听闻此话，米特福德当即换了一家出版社，继续完成自己的使命。

但是，我在西风火葬场工作的时间越久，就越不赞同米特福德的看法。我感觉自己好像背叛了她，毕竟在倡导可替代性葬礼方面，她是无可争议的领军人物，是为消费者谋权益的改革者。但是，如果尸体防腐和豪华葬礼糟糕透顶，那她所谓的廉价而简单的葬礼就一定好吗？

我发现基于快速处理的殡葬文化有些令人不安。虽然西风火葬场还提供了防腐和土葬服务，但是大部分业务来自快速处理，即费用不超过一千美元的火化。火葬预约和在线服务联手米特福德，坚决要把殡葬师赶出殡葬业。

我有一本一九九八年再版的《美国式死亡》，封面上的米特福德坐在一座地上陵墓的过道里。她穿着一身舒适的套装，手拿一个配套的拎包，不苟言笑，活像真人秀《超级保姆》里那个严肃女人的中年版。“超级保姆”来自英国，专治家教缺失、成天嚷嚷着“但培根是蔬菜啊！”的美国熊孩子。

米特福德的英伦气质在其笔下凸显得淋漓尽致。她以自己故乡的传统为荣。所谓传统，指的是尽可能减少与尸体接触。她有一个住在旧金山的英国女性友人，此人曾经参加过一次美国式守夜，不得已和死者的遗体打了个照面。米特福德在书中引用了这个友人的一段话："令我颇为震惊的是，棺材大敞着，可怜的奥斯卡躺在里面，穿了一套粗花呢西装，皮肤竟然是美黑后才有的颜色，唇膏的色号也用错了。要不是我俩的感情一直很好，我真怕自己笑出声。当时我就决定，我再也不参加美式葬礼了——我自己的也不参加。"

在美国和加拿大，瞻仰防腐后的尸体已然成为一种文化习俗，但是英国人（至少米特福德和她的上流社会友人）根本不允许尸体出现。很难说这两种做法哪个更糟。

英国人类学家杰弗里·戈尔把英国当代殡葬习俗和色情文化做了比较。维多利亚时代将性和性欲视作文化禁忌，当代世界把临终和死亡当作忌讳的话题。"我们的曾曾祖父还是孩子时，家长告诉他们婴儿都是从醋栗丛或者垃圾堆里捡来的。而我们则很有可能跟孩子说，那些死去的人……有的变成了花，有的躺在美丽的花园中休息。"

戈尔指出，因疾病和衰老造成的"自然死亡"在二十世纪逐渐被"暴力死亡"取代——战争、集中营、车祸、核武器等。如果说美式乐观主义掀起了用化妆品和化学试剂美化尸体的风潮，那么英式悲观主义则彻底把尸体和丧葬仪式从文明社会中抹去了。

《美国式死亡》的前言里，有两处内容令我颇为震惊。首先，米特福德声明此书“不会涉及古怪的印第安丧葬习俗，尽管有些部落沿用至今”。顺便说一句，这些习俗离古怪还差得远呢。美洲原住民的葬礼方式极为丰富，例如达科他州的苏族人搭起一座六到八英尺高的木质平台，把尸体放在上面让其自然腐烂，并举行繁复的仪式悼念死者。其次，米特福德否认殡葬业之所以畸形发展，美国公众也有一定的责任。她自信地写道：“根据现有的证据，我没法怪罪大众。”

与米特福德不同，我认为公众的确有错。对此，我确信不疑。

有一次，一个女人在西风火葬场为自己的母亲安排葬礼。她深深地凝视着我的双眼，说道：“给妈妈安排葬礼实在太难了，没想到她走得那么突然。你得理解我，她只接受了六个月的临终关怀服务。”

这个女人的母亲接受了六个月的临终关怀服务。也就是说，在过去的一百八十天里，她眼睁睁地看着自己的妈妈走向死亡。她心里明白，早在进行临终关怀之前，妈妈就病得不轻了。既然如此，她为什么不去拜访本地最好的殡仪馆，比较一下价格，征求朋友和家人的意见，看看哪些更合适？最重要的是，她为什么不去问妈妈本人想要一个什么样的葬礼？她知道妈妈徘徊在死亡的边缘，却不去商量，反而声称“突然”，这样的解释实在令人难以接受。

当一个年轻人意外离世，他的家人——用米特福德的话来说——“虽然对殡葬产品知之甚少，但必须得去买”。孩子夭折是可怕的悲剧，鉴于此，悲痛的家人大可不必担心殡仪馆会趁火打劫，以高价出售棺材或者殡葬一条龙服务。但任何一个在殡葬业工作过的人都会说，碰到小孩意外身亡的概率一般不大，常见的都是寿终正寝或长时间遭受重病折磨的死者。

假设我想买一辆二手车，交易市场的销售人员告诉我“一九九六年的现代汽车卖四万五千美元”（其实市场价只有四千两百美元）。如果我买了，我就是活该挨宰。我本可以给这个骗子一拳，但由于我事先没打听过市场价，只得让他占便宜。

在米特福德看来，人们通过《消费者报告》（二十一世纪的人用互联网）查询车价的做法没什么不妥，但是向殡仪馆询价就“显得有些不正常”。毕竟普通大众不愿意想太多关于死亡的事，“巴不得赶紧将一切抛到脑后”。米特福德一点也不反对这种自欺欺人的做法。

《美国式死亡》向读者保证，没有比痛恨死亡再正常不过的了：你当然希望越早完事越好，没人愿意在殡仪馆逗留；你当然不会四处打听哪个殡葬师“口碑最好”，让自己看起来像个变态；你当然不知道殡仪馆是什么样子，又如何运营。米特福德用抚慰性的口吻，告诉我们不过分关注死亡不仅合理，而且本应如此。

米特福德对殡葬师恨之入骨，因为他们是一群商人。但不管你喜不喜欢，这就是他们的本质。大多数发达国家的殡仪馆是民营企业，是要赚钱的。说起销售指标和额外任务，殡葬企业的员工不愁没苦水可倒。一家大型殡葬企业的前雇员曾向我吐露，有一次他的月度收益不佳（好像那个月他的客户大都来自低收入家庭，要不然就是选择了火化业务），出现了以下情况：“我突然接到一通得克萨斯总部打来的电话，问我最近是不是哪里出了问题，还问我是否知道对于这样的业绩，我一毛钱奖金也拿不到。”

身为一名记者，米特福德极其懂得如何煽动公众的情绪，揭露出世界黑暗的一面。毫无疑问，美国殡葬业需要改变，但米特福德给出的意见只会导致两败俱伤。她点亮了希望的火柴，却向身后一扔，自己拍拍屁股走了。一大批信徒追随着她的脚步，愤怒地要求殡葬业提供廉价的葬礼服务。

在《美国式死亡》一书中，杰西卡 · 米特福德力图改善的并不是我们和死亡的关系，而是我们和价格的关系。这是一个极大的错误。殡葬业愚弄了大众，靠的不是高价，而是死亡。殡葬业剥夺了我们和死亡的真实互动，让我们失去了面对自身死亡的机会。虽然米特福德是出于好意，但是直接火化只能让情况更糟。

第九章 不自然的自然

“你们怎么连这个都收费！”一个女人操着一口浓重的东欧口音大吼大叫着。

“我很抱歉，约内斯库女士，”我试图向她解释，“但是您必须缴纳一百七十五美元。”

约内斯库女士是已故的伊莲娜·约内斯库的女儿，此刻正坐在西风火葬场接待室的桌子前。她顶着一头浓密的棕色卷发，螺丝状的发卷儿像弹簧似的支棱着，戴满金戒指的手疯狂地在我面前比画。

“你们这是在敲诈！我真不明白你们为什么要这样，我只是想看妈妈最后一眼！”

假如这是我第一次陷入“最后一眼”的纷争，我肯定会乖乖投降，满足这个女人的所有要求。但如果我只是为了避免争执而妥协，麦克知道了肯定会不高兴。人人都希望能在母亲火化或土葬前“见她最后一面”，却没人愿意为此支付一百七十五美元。我很难向人家解释这笔钱的用途，然后劝他们付款。

死人看起来的确毫无生气。这种形容确实有些抽象，毕竟普通人见到尸体的概率不太大。这年月，很少有人选择在家离世。就算真有人死在家里，也肯定是上一秒刚断气，下一秒就被火速送往殡仪馆了。北美人见识过的，只有经过防腐和化妆加工后的尸体，穿着生前最体面的一套衣服。

罪案类剧集对此也没帮上什么忙。在黄金时段的电视剧中，那些由女仆、维修工、中央公园里跑步的人发现的尸体，全是一副已经做过处理的样子，都能直接拿去守夜了。尸体的双眼和嘴唇紧闭，脸色惨白或发紫。在观众看来，这就成了“死人”该有的模样。这些尸体一般由年轻的模特和演员扮演，他们轮流在《犯罪现场调查》和《法律与秩序》剧组客串尸体，默默等待试镜那一天。电视里的尸体过于美化，和殡仪馆里的尸体相差太远——后者都是惨遭癌症或肝硬化等病症折磨而死的人，身体因衰老和病痛而扭曲得变形。

约内斯库一家期待看到的伊莲娜，和我们径直从冷库里运出的伊莲娜，基本上有天壤之别。最令殡仪馆头疼的莫过于这种比天还高的期望值，因为家属经常以死者不符合他们心中的形象为由，威胁要起诉殡仪馆。你当然可以说这是殡葬业罪有应得，若不是防腐技术兴起，家属也不会对尸体的外观抱有这么高的期待。

未经处理的死人脸看上去特别吓人，至少我们碍于狭隘的文化接受度是这么觉得的。他们的眼睑耷拉着，双眼茫然地望向虚空；嘴巴张得大大的，不亚于爱德华·蒙克笔下《呐喊》的造型，脸上一点儿血色都没有。这些都是人死后身体发生的正常变化，但绝不是死者家属想看到的模样。作为价格表上的一项内容，殡仪馆通常收取一百七十五美元到五百美元不等的“遗容遗表费”。通过这项服务，尸体才有可能看起来“平和”“自然”“安详”。

然而残酷的是，伊莲娜·约内斯库——这位九十岁的罗马尼亚老太太，临死前在医院住了两个月。她一直躺在床上打点滴，身上连着各种仪器，一躺就是八个星期，以致尸体出现了严重浮肿。要知道，人死后身体里的液体会在皮肤下膨胀。她肿得像个米其林轮胎人，腿、胳膊和后背全都鼓鼓的。更糟糕的是，水肿导致液体不断从皮肤里渗出，加速了尸体的腐烂。

不过，尸体烂得再快，水渗得再多，也比不上“脱皮”

可怕。这个现象的学名叫“脱屑”，但在现实生活中，我们都叫它“脱皮”，因为没有其他词能比“脱皮”更直观、准确地描述亲眼所见。腐烂的过程导致伊莲娜体内产生大量气体，压力的增高使得皮肤逐渐松弛，造成表皮直接脱落。若是发生在活人身上，脱皮后还能长出新的皮肤，但是对伊莲娜来说，她的皮肤会保持新鲜、红嫩、淌着黏液的状态，直到火化为止。

我非常确定，伊莲娜的尸体怎么也成不了她那个暴脾气闺女想看的样子。不过，西风火葬场没有权力一直把伊莲娜·约内斯库的尸体锁在冷藏间里。根据法律，尸体属于准物权。也就是说，土葬或火化之前，伊莲娜的尸体仍属于她的家人。于是，家属又有了一个控告殡仪馆的理由——有些无良殡葬者非法扣留尸体，直到死者家属缴清费用。

如果伊莲娜的女儿要求“你现在就把我妈妈交出来，我要把她放在后座上，带她离开你们这个邪恶之地”，我可能二话不说，立即照做。我曾经一度想为这样的选择鼓掌叫好。

“约内斯库女士，我真的很抱歉。我建议您去别家看看，比较一下价格。但我向您保证，您会发现这个地区再也找不到比一百七十五美元更便宜的了。”我使出了最后的撒手锏。

“看来我别无选择了，对吧？”说着，她在合同下方签上了名字，手上的戒指碰到了一起，发出清脆的响声。

两个小时后，伊莲娜·约内斯库躺在准备室的操作台上，等着第二天能以“自然”的姿态出现在家人面前。殡葬业有一个尽人皆知的秘密——让尸体看起来“正常”的过程其实非常“不正常”。

我站在金属柜前（几个月前，麦克从里面拿出我用的第一把尸体刮脸刀），取出一对儿塑料飞船模样的“眼盖”——圆圆的，颜色接近肤色。塑料片上有一层尖刺，活像宗教裁判时使用的小型刑具。眼盖有两个作用：第一，放入伊莲娜的眼皮下方，遮住干瘪、凹陷的眼球，让眼窝看起来饱满一些；第二，尖刺能够牢牢地抓住她的眼皮，避免眼皮张开，防止尸体给吊唁的人“使眼色”。

我用棉签和棉花球清理了伊莲娜的鼻子、耳朵和嘴巴——这个过程实在令人高兴不起来。在生命的最后时刻，人们已经顾不上个人卫生了。这我能理解，但是理解并非代表不介意。尸体被挪动时，从肺和胃里还有可能突然喷出一股冒着泡的红棕色液体。我从不羡慕护士，因为他们比我更惨——那些活着的病人每天都要制造出同样恶心的东西。

伊莲娜的假牙落在病床边上的玻璃杯里，所以她嘴里空空如也，嘴唇一直往牙床里缩，这样的话就要用口腔塑形器改善情况。口腔塑形器是一个弧形的塑料片，有点儿像大号的（嘴唇形状）眼盖。我掀起她的上嘴唇，把塑形器塞进去。但是，这东西对一个老太太来说过大，她看起来就像个猩猩，或者戴着护齿的橄榄球前锋。我倒吸一口凉气，赶紧取出塑形器，用剪刀修整了一下。

接下来，轮到喷枪出场了。这种喷枪专门用来缝合死者的嘴巴，枪身由金属制成，可向牙床发射金属丝。把穿过牙床的丝线拉紧系好，死者的嘴就能闭上了。我找出一个锋利的针头，有一根长长的金属丝系在针尾，如同金属做的蝌蚪。我把针头固定在喷枪细长的枪头上，然后朝上牙床和下牙床轮流开枪。这把喷枪貌似质量欠佳，不太好用，完全做不到指哪儿打哪儿。我只好趴在伊莲娜身上，用尽全身力气朝她嘴里射击。呼哈！

伊莲娜九十岁，牙龈萎缩得厉害，得多打几枪才能保证效果。金属丝一旦就位，我就把线的两头穿过塑形器，使劲儿一拉，合起她的上下颌。

如果上述方法没起作用，眼睛和嘴巴还是能张开，就要用到我们的秘密武器——万能胶。小绿管里的魔法液体几乎可以用在任何地方，即使眼盖和喷枪奇迹般地发挥了作用，也最好做到双保险。也许灰暗的眼珠和暴露在外的牙床不招家属喜欢，但绝对比让他们看到用带刺的塑料片和密集的金属丝固定死者的脸要强。

同意支付“最后一眼”的费用后，约内斯库一家带来一套服装，让我们在遗体告别前给伊莲娜换上。伊莲娜的身体肿得足有平时两倍大，但她的家属——和其他人家一样——拿来了她在最美年华穿的衣服，不仅摩登，还非常瘦。这也是为何报纸的讣告栏里，总是刊登艺术照、婚纱照和年代久远的舞会照片，因为我们希望逝者永远停留在最动人的那一刻。不管泰坦尼克号沉了多久，我们都希望露丝能永葆容颜，始终像和杰克初次见面时那么美丽。

麦克不得不帮我一起把伊莲娜塞进她那条华丽的东欧裙子里。麦克知道不少实用小贴士，例如用薄纱把伊莲娜浮肿的胳膊裹起来，视觉效果堪比二十世纪五十年代 B 级片里的木乃伊。但我们的任务此时还没有结束。记住，如果以后有人让你给一个九十岁罗马尼亚老太太肿胀的双腿穿袜子，你一定要学会说“不”。

“麦克，”我叹了口气，“反正遗体告别时，她的下半身要盖上单子。我知道这样说不好，但她其实用不着穿袜子。”

麦克不愧是业界良心的代表，立刻否定了我的提议：“人家可是给了钱的，伙计。来吧，咱们能给她穿上。”

既然是一门生意，殡葬业自然以出售商品的方式出售

“尊严”。尊严体现在为死者家属精心策划的一场好戏，主角就是悉心处理后的尸体。殡葬师成了总导演，全权负责演出的一切。尸体无疑是全场的明星，亮丽得看不出生前遭受过痛苦。如此一来，尸体就不会和观众产生情感上的互动，破坏死亡幻觉。

国际服务公司是美国最大的殡葬公司，经营着上千家殡仪馆和墓地，总部位于得克萨斯州休斯敦。这家公司甚至将尊严注册成商标，不管你去哪一家尊严纪念®办事处，那个令人心烦的®都无时无刻不在提醒你，他们早已把死者的尊严市场化了。

第二天一早，伊莲娜的遗体告别仪式如期举行。她的女儿揪着自己的头发，鬼哭狼嚎起来。她的哭声是那么真实，绝对有绕梁三日的架势。若不是我不敢分神，早就被这份母女情深打动了。我的注意力始终集中在伊莲娜身上，生怕她的眼皮崩开，或者缠着薄纱的胳膊渗水。不过总体来说，伊莲娜看上去很不错。这场闹剧让我明白，尸体涂上口红还是尸体，家属不过是在和他玩化妆游戏。

伊莲娜告别仪式后的周一，我照常来西风火葬场上班，发现有人给两台火化炉内部换上了新地板，光滑得如同婴儿的屁股。原来周末时，西风火葬场的所有者乔爬进火化炉，全凭一己之力，用混凝土和钢筋完成了地板大改造。顺便说一句，我至今没见过他，这件事让他在我心中变得更加传奇，因为我无法想象一个活人待在火化炉里（而且还是自愿进去的）。翻新之前的地板几乎和阿尔卑斯山的地貌有一拼，布满了疙疙瘩瘩的块状物。清扫骨头碎片和骨灰时得特别灵巧才行，远远超过招聘启事上的技能要求。有了新地板，我就可以优雅地捡出遗骨，轻轻松松搞定。

使用新地板的第一天，一切顺利。第二天，我首先要火化格雷汉特夫人。格雷汉特夫人是个喜庆的胖老太太，和“灰狗”的形象正相反。她有一头卷烫过的白发，一双手肉乎乎的，让我不由自主地想起了我的祖母。我的祖母是一位老师，住在艾奥瓦州的一个小镇上，在只有一间教室的学校教书。她有七个孩子，最擅长做肉桂卷。小时候有一年，我去祖母家过暑假。一天，我半夜醒来，看到她正坐在漆黑的客厅里哭泣，因为“有些人体会不到耶稣的爱”。她在我来西风火葬场工作的十年前就去世了，但只有我爸爸飞到艾奥瓦州参加了她的葬礼。也许你也会很容易从格雷汉特夫人身上……嗯，尸体上……看到自己奶奶的影子。

根据《火葬管理条例》第一条规定，鉴于早上的火化炉处于冷却状态，应该安排格雷汉特夫人第一个火化。身材壮硕的男人和女人必须放进冰凉的火化炉，不然炉内的温度太高，尸体就会因为燃烧过快而产生浓烟，很容易招来消防队。脂肪太多的人（比如丰满的格雷汉特夫人）要最先处理，最后才轮到消瘦的老年妇女（和婴儿）。

我把格雷汉特夫人送进冰凉的火化炉，就去干别的事了。过了一会儿，我回到火化间，只见滚滚浓烟从炉门冒了出来，屋子里全是黑烟。我大吼一声，说不清是哽咽还是尖叫，反正是“发现紧急情况”时特有的声音，然后连滚带爬地去找麦克。

“是地板。”麦克镇定地说。

我和麦克溜着墙根走回火化间，就在这时，一股烧化的脂肪突然从经常堆积骨灰的槽道里流出。麦克拿起盛放骨头碎片的容器——差不多鞋盒大小，接了满满一盒半透明状的脂肪，足足有一加仑[1]那么多。脂肪一直流个不停，我们盛满一盒就换一盒，像是在给漏水的船舀水。

麦克端起盒子冲进准备室，把脂肪顺着水槽冲进下水道——就是尸体防腐时鲜血流进的那个。而我则跪在火化间的地上，用抹布清理从槽道溢出的脂肪。

整个过程中，麦克都在不停地向我道歉。这是我在西风火葬场工作以来，第一次见到麦克道歉。他也反复地擦、洗、涮，已经快第十遍了。

1　1 美制加仑约 3.79 升。

“都是因为地板。”他累垮了，开口说道。

“地板？你是说火化炉里亮闪闪的新地板吗？”我有些不解。

“以前的地板有很多凹陷，脂肪能存在里面，不会流得到处都是，一会儿就能烧干净。新地板太平滑，脂肪只能顺着地板流出来。”

好不容易控制住局面，我低头一看，发现自己的裙子上沾满了热乎乎的人类脂肪。（你觉得人油的颜色算赭色呢，还是金盏花色呢？我有些搞不清。）我满头大汗，筋疲力尽，身上沾满了人油，但感觉自己活得特真实。

人们认为火化应该是“洁净”的，尸体经过火焰的高温消毒，留下一堆无害的灰烬。遗憾的是——借用迪伦·托马斯的一句诗——不要温顺地走进那个良夜。我们虽然花了不少钱买了不少机器设备，却没有给格雷汉特夫人一个干净利落的火葬。我不知道我们是否要在这方面多下功夫，就像打造一具完美的尸体时那样倾尽全力。毕竟，“成功”意味着利用塑料片和金属丝让伊莲娜·约内斯库保持理想状态，意味着殡葬者的职责不是举行仪式，而是掩盖尸体的作用和意义。在我看来，格雷汉特夫人其实是在宣告：人们应该理解死亡。人们应该明白，死亡是一个艰难的过程，精神上、肉体上、情感上都是如此，需要得到应有的尊重和畏惧。

“老天！我是不是得给你一些……嗯……干洗券之类的东西？”麦克站在我身边问道。

我无奈地笑了笑，一屁股坐在堆满抹布的地上，两腿一伸，任凭沾满人油的裙子粘在身上。我长出了一口气，说：“这条裙子彻底毁了，老兄。你还是请我吃顿午饭吧，真倒霉。”

我对格雷汉特夫人没能善终感到很难过，但我又不得不承认，整件事还挺搞笑的。矛盾的事物总能酝酿出奇妙的火花。

西风火葬场的这份工作丰富了我的内心情感。哪怕只是帽子掉了，我也会大叫一声或忍不住笑出来。我会被美丽的夕阳感动得落泪。就算是停车场的计时器，只要它的样子别致，我也会感动得一塌糊涂。

从那之后，我每天都在多愁善感中度过，如同一颗在悲喜间来回滚动的弹珠。西风火葬场加剧了我内心情感的两极分化，允许我肆意辗转于狂喜和绝望之中，好像我从未释放过这样的感情。

我想站在屋顶，大声喊出我在西风火葬场学到的一切。死亡令每一天都变得越发动人。有时，我把融化的人油等殡仪馆见闻告诉朋友，他们都一脸震惊，像是听到了什么了不得的丑闻。起先，我也跟他们一样觉得反感，后来慢慢就不以为意了。骨灰研磨机和带刺眼盖这种吓人玩意儿，最能摧毁人们在死亡前的自满情绪。虽然二者都是掩盖死亡真相的道具，但也向人们表明，无论有多恶心，也请接受死亡的真相。

第十章 唉，可怜的尤里克

坠入爱河的女人都喜欢听甜言蜜语。“宝贝儿，我永远爱你”“今年送你一枚钻戒如何”就是两个绝佳的例子。但是，年轻的恋人们啊，请注意，有些女孩真正爱听的只有一句：“你好，我是科学支持会的艾米，我要给你几颗人头。”

西风火葬场一直和两家遗体捐赠机构有业务往来，科学支持会是其中之一。很多加利福尼亚人把遗体奉献给科学，让科研人员在自己身上戳戳点点。最后，这些幸运儿都要回归火焰的怀抱。

艾米打来电话后不久，一辆卡车就驶入西风火葬场，停在后门附近。克里斯每天都在那里“卸货”。车门“嘎吱”一下被打开了，两个年轻人探出头，满腹狐疑地朝四周看了看。“嗯……下午好，女士。我们是科学支持会的，来给您送……嗯……几个人头。”

不管来西风火葬场多少次，科学支持会的司机都是一副快要吓尿的样子，巴不得赶紧卸下东西离开。很可惜，他们的动作总是不够快。专门运送尸体的司机竟能被我上班的地方吓个半死，我感到特别骄傲。

科学支持会实质上是一家代理商，先接收完整的捐赠遗体，分割后再按部分出售，和垃圾场拆解处理报废汽车一个道理。当然，做这一行的不止他们一家，几家大型企业也从事这个恐怖（但合法）的行当。

捐赠遗体可以给你带来许多好处。考虑到现在的殡葬市场，捐赠遗体是唯一能让你不用为葬礼花钱的方式。你死后，科学支持会会收殓你的遗体，送到相关机构。那里的人会在你身上进行治疗癌症的实验（注意，实验结果未必成功），最后把你送往西风火葬场火化，火化费用由他们承担。

普通人的确有机会参与前沿医学研究。我的外公生前和阿尔茨海默病进行过一场漫长的较量。有一年圣诞节前夜，他设法偷了家里的车钥匙，半夜开车去了火奴鲁鲁市中心，整整失踪了七个小时。圣诞快乐，亲爱的家人，祝愿你们没被吓死。如果有些捐赠人的大脑能够解开阿尔茨海默病之谜，造福其他家庭，那医疗机构就研究他们的脑袋吧，我支持。

不幸的是，并不是每个人都能献身如此“崇高”的事业。也许有那么一丁点儿概率，你的脑袋能成为攻克二十一世纪最严重疾病的关键。但你也有可能落入刚毕业的整容医生手里，让他们拿来做面部拉皮手术的练习。说不定有人还会把你从飞机上扔下去，试验最新的降落伞科技。所以，献身科学是一个非常……笼统的说法。你身体各部分的去向如何，由不得你决定。

早在四百年前，人们就把尸体应用于科学研究。十六世纪时，医生对人体运作方式一无所知，医书里的内容也错误百出，从血液的循环途径、主要脏器的位置到引发疾病的原因（还算靠谱的解释是：人体“四要素”——黏液、血、黑胆汁、黄胆汁失调，会导致疾病）。安德雷亚斯·维萨里是文艺复兴时期的一名艺术家，后来进入医学院念书。当得知学校让学生解剖狗来学习人体解剖学时，他勃然大怒，于是偷偷找来绞死的犯人尸体解剖。直到十八和十九世纪，医学院才将人类尸体用于教学和科研。由于尸体的需求量极高，教授们只好去墓地偷挖新鲜的尸体。因此，还发生过一起极端案件：十九世纪时，威廉·布克和威廉·海尔在苏格兰谋杀了十六个人，把受害者的尸体卖给了一个大学的解剖学讲师。

科学支持会的两个人从车厢里卸下一个大箱子，里面有两颗人头，周围摆满了装着冰珠颗粒的冰袋，让我想起了粒粒雪糕。我刚签完接收单，两个年轻人就连忙关上车门，一溜烟儿驶出了停车场。这是科学支持会的典型做法，他们定期给我们送来躯干、头颅和内脏。有一次，我们还收到一条腿，但不是他们给的。

“嘿，凯特琳，你看到冷库里的那条腿了吗？”麦克问道。我在西风火葬场工作了半年，依然分不清麦克是一本正经地问我是否看到了一条腿，还是面无表情地用讽刺的语气挖苦我。

“没有，麦克，我没见过。科学支持会送来的吗？”

“不是，那条腿的主人还活着。”他说道，“她昨天做的截肢手术，好像是因为糖尿病。她打电话问能不能只火化一条腿，这应该是我接过的最诡异的一通电话。今天上午，克里斯刚去医院把腿取回来。”

“她只火化那条腿，对吗？也就是说，她想要个……预热？”我说道，我的双关语竟让麦克笑出了声。

“预先加热火化——预热，真有你的。我想起了上周从圣何塞州来的家伙，他想抽根烟，结果把自己点着了——预热。”他摇了摇头，继续在电脑前工作。

时机恰当的恶趣味玩笑，凯特琳得一分。六个月以来，我一直煞费苦心，试图向麦克证明我有端正的死亡观，没想到一个笑话就得到了他的信任。

箱子里的脑袋分别属于一个八十岁的爷爷和一个七十八岁的奶奶，每一颗都配有一份冗长的身份鉴定表。表上没有写他们的名字，也没说明他们来自哪里，却提供了一些无关紧要的信息，比如“一号头颅对贝类、番茄、吗啡和草莓过敏”“二号头颅患有脑癌，有可能引发花粉热”。

两颗脑袋的主人彼此认识的概率应该不大，但我更愿意把他们想象成一对因战争而分离的爱侣。对，比如西方早期宗教战争，最适合给浪漫、狂暴的爱情故事当背景。法国大革命也不错，两个人双双死在断头台上。还可以是动荡的美国西部——被印第安人剥头皮？我把冰袋移开，偷看了一眼。不行，他们的头皮还在。不管了，反正他们要一同躺在柴堆上被烧掉。

我迟疑了一下，又朝他俩瞄了几眼。与其把他们拿出来，不如连同箱子一起火化，这样更方便，不是吗？麦克突然从我身后冒出来，他总是盯着我的一举一动。“冰袋对炉子不好，记得火化前拿掉。”

“那我得先把脑袋拿出来吧？”我问道。

“这个嘛，就要看你的胆量了。”他回答道，双臂交叉在胸前。

克里斯一直忙着用胶带固定折好的纸箱，此时也抬起头来。所有人都看着我。这两颗脑袋令西风火葬场的员工前所未有地凝聚在一起。

我小心翼翼地拿起老爷爷的头（头颅一号——对贝类、番茄、吗啡和草莓过敏），感觉黏糊糊的，比我想象的要沉，和一个保龄球差不多重。但因为他的大脑分布不均，一边重一边轻，所以特别不好拿，我得用两只手捧住才行。

“唉，可怜的尤里克。”我看着手里的头颅感叹道。

“说的是啊，隗魁。”克里斯立刻接了一句。关于断首的文学典故，我和克里斯绝对信手拈来，堪称殡葬业即兴相声的典范。

麦克插进来，跟我们聊了一大堆乔尔·彼得·威特金的故事。威特金是一名另类摄影师，经常徘徊在墨西哥的太平间里拍摄特殊处理后的死人头颅。他还让双性人和侏儒装扮成神话里的人物，作为自己镜头中的常客。威特金声称，这些黑暗影像的灵感源泉来自他童年时目睹的一场交通事故——一个小女孩在他眼前身首异处，脑袋滚到他的脚边才停下。麦克攒了一肚子奇人怪事，我们谁都不是他的对手。

我很欣赏头颅一号和头颅二号的主人，他们敢于放弃传统葬礼，也不在乎所谓的死后的尊严，坚定地将自己献身科学，意识真是超前。

这是否意味着我也要捐赠自己的遗体呢？正相反，我真心反对把遗体拆解成这个样子。我无法忍受自己的脑袋待在盒子里，自己失去对它的控制。没有人知道我是谁，能代表我的只有我的过敏症。我妈总向我强调，她对我们怎么处理她的遗体觉得无所谓——“你们就把我装进一个大口袋里，放在马路牙子上，让收垃圾的直接收走就行。”这可不行，老妈。为科学事业捐赠遗体的确高尚，但一想到遗体被匿名分配到四处各地，我就特别愤怒。

我一直把自制力看得很重。我的外公——那个因阿尔茨海默病而半夜开车出去兜风的老人，曾任美国陆军上校。他在朝鲜战争中指挥坦克兵团，学习波斯语，和伊朗国王相谈甚欢，上了年纪后便去管理夏威夷陆军基地。他很严厉，深知男人、女人、小孩（我）应懂得什么样的规矩。然而，阿尔茨海默病让他变得糊里糊涂、情绪低落，丧失了社会行为能力。

最糟的是，病症严重影响了他的自制力。阿尔茨海默病是遗传疾病，我每天都在提醒自己，有朝一日我也会变成那个样子。不过话说回来，死亡必然使我们丧失对自己的控制。我花了一辈子时间确保自己衣装得体、谈吐优雅，最终却要无能为力地死去，这太不公平了。我躺在冰冷的手术台上，赤身裸体，胸腔大开，嘴角带着血痕，随便哪个工作人员都能给我冲洗身体。

和其他人一样，我反对遗体捐献、反对拆解尸体，但理由并不合理，部分原因是文化造成的恐惧。严格说来，火葬也破坏了尸体的完整性。我一个朋友的表亲在阿富汗被杀，不久之后他的母亲收到一份报告，上面写着他遭到路边炸弹袭击，死无全尸。但她后来得知，儿子的身体其实完好无损，这才松了一口气。不过，他的尸体运回美国后将直接火化，还是留不住全尸。

不管你喜欢与否，有些遗骨会卡在火化炉内壁和地板间的缝隙里。加利福尼亚州火化许可证上对此有一段官方说明：

> 炉膛内由陶瓷和其他材料制成，火化时会出现轻微脱落并混入遗灰……部分遗体残迹会遗留在炉内裂缝或凹陷处。

说得通俗点儿，炉内的一些物质混在死者的骨灰里，死者的一些遗骨落在炉子里，这就叫“混入”。

我多次试着用小刷子清理裂缝里的骨头碎片，但仍有残余。我竭尽全力，不放过任何一条缝隙。有时，我不小心钻到炉子深处，焦灼的热气蒸腾在我脸上，打扫完毕后才发现刷子的金属刷毛竟熔化了，粘在了一起。

有一次清理机器时，一块炽热的骨头弹了出来，我一不留神踩了上去，胶靴的鞋底立刻烫出一个洞。“该死！”我大吼一声，毫无意识地一脚把它踢飞。骨头在空中划出一道弧线，穿过房间，落在一排轮床后面。我手脚并用地在地上爬了五分钟，才找到那块遗骨。我拿起来对比了一下鞋底的破洞，形状吻合。瞧，你早晚得支离破碎。

当然，有人对此持不同看法。一个月之后，麦克赏了我两天无薪年假，好让我前往纳什维尔参加一个亲戚的婚礼。仪式正式开始前，新人给女宾们安排了一次水疗。我被带到一个没有窗户的房间，里面香气弥漫，播放着适合冥想的背景音乐。我的按摩师是一位金发美女，她嗓音轻柔，具有典型的南方气质。她给我揉着后背，不时和我聊上几句。

“亲爱的，你是做什么的？”她不紧不慢地说，声音略大于播放器里的吟唱。

我有些纠结，不知道是否要告诉她。难不成我得表明，她正在按摩的筋结，是由于我长期搬运尸体和清理火化炉里的残骸造成的？

我决定实话实说。

她听后非常淡定，说："这样啊……告诉你吧，我有不少亲戚住在西弗吉尼亚州，他们认为火化是魔鬼的活计。"

"那你是怎么想的呢？"我问她。

她思考了几秒钟，手在我背上停了下来，回答道："我想我会因此重生。"

幸好我脸朝下趴在按摩床上，她看不到我的眼睛正四处乱转。我不确定是否要追问下去。

她沉默了好一会儿，然后开口说道："我相信耶稣会把得到保佑的人接入天堂，但前提是我们的肉体还在。如果我在游泳时被鲨鱼吃了，尸体四分五裂，有的漂在水里，有的在鲨鱼肚子里，难道救世主就不能让我复原吗？如果他有能力治愈鲨鱼造成的创伤，那治愈火化也不成问题。"

"治愈火化。"我重复了一句，我从未这么想过，"假如上帝能复原蛆虫啃食过的腐烂尸体，那他也一定能对付火化。"

按摩师貌似对我的回答很满意。我们两个人在沉默中度过了剩下的时间，考虑着自己究竟会死无全尸到何种地步。她可能想到天堂乐园，而我就没那么超脱了。

除此以外，死亡的力量同样令我心神不宁。死亡战无不胜，万物必将迎来生命的终结。普布里乌斯·西鲁斯在公元一年写道："作为人类，我们在死亡面前人人平等。"

中世纪晚期，艺术界流行起“死亡之舞”的主题。画里描绘了一群高度腐烂、看不清本来面貌的尸体，大笑着招呼毫无防备的人们跟在他们后面。他们挥舞手臂，跺着双脚，引领主教、乞丐、国王、铁匠等众生在舞蹈中走向死亡。这样的作品旨在提醒观者，死亡不可避免：没人能逃过此劫，无名死神正等着你呢。

金门大桥从旧金山向北延伸，横跨金门海峡，连接对岸的麦林县。这座亮橘色的杰作绝对是人们最爱的风景。不管何年何日何时行驶在桥上，你总能看到幸福的情侣搂在一起合影。不过，金门大桥也是世界上知名的“自杀圣地”之一。当然，估计没有哪个旅游景点愿意以这种方式被人熟知。

从金门大桥跳下的人，不论男女，都以七十五英里的时速坠入大海，死亡率高达百分之九十八。光是冲击造成的内伤就能让你送命——肋骨折断后刺入脆弱的内脏。就算你没摔死，也会因没被及时发现而在水里冻死。打捞上来的很多尸体不是被鲨鱼攻击过，就是遭到了螃蟹啃食，有些人甚至下落不明。尽管死亡率超高（或许正因如此，真可悲），很多人仍从世界各地来到金门大桥。他们在桥上散步，欣赏着美丽的海湾落日和一块块标志：

危机辅导

世上仍有希望

请拨打电话

跳桥的后果

不仅致命

而且悲惨

平均每两周就有一个人从金门大桥跳下去。我在西风火葬场工作了七个月，一具跳桥者的尸体都没见过，没想到有一天，我一下子收到了两具。死亡果然是一件伟大的均衡器，没有比这更好的例子了：死者一个是二十一岁的流浪汉，一个是四十五岁的航空航天工程主管。

人们从桥上跳下去之后，不同流向的水流会将尸体带到不同的地方。如果水流向南，顺流而下的尸体归旧金山法医办公室所有，由他们送往市内人满为患的医学检查部；如果水流向北，尸体就归富裕的麦林县，那里有一个单独的法医办公室。工程主管是个货真价实的火箭科学家，轻而易举就能在麦林县购置一套房产，尸体却冲到了南边。无家可归的流浪汉则来到麦林县富得流油的郊区。听他姐姐说，他这辈子从来没工作过。桥下的水流分不出二人的身份和地位有何区别，也不在乎他们为何轻生，完全符合女权主义者卡米拉·帕格里亚的哀叹："人类并非大自然的最爱。我们只是众多物种的其中之一，大自然不加区别地使用自己的力量。"

一天下午，克里斯开着他那辆白色货车，带我去伯克利收殓特蕾斯·沃恩的尸体。特蕾斯死在自己的床上，享年一百零二岁。她出生时，第一次（第一次！）世界大战才开始不久。回到西风火葬场后，我把特蕾斯安置在冷库，先去火化了一名只活了三小时零六分的婴儿。婴儿的骨灰和特蕾斯的骨灰外表一样，只是分量不同。

无论是完整的遗体、捐赠给科研的头颅、婴儿，还是某个女人的断腿，火化之后都是一个样。光从骨灰盒的样式可看不出这个人生前成功还是失败，是否当上了祖父母，是不是犯过罪。"你本是尘土，仍要归于尘土。"作为成年人，你的骨灰与我的骨灰重量相等，都是一堆四到七磅重的灰烬，掺着骨头碎片。

当代殡葬业促成了一笔了不起的交易，叫作"个性化"。这种营销手段瞅准了"婴儿潮"一代人的钱包，向他们强调只要支付一笔合理的费用，就能享有额外的惊喜——带有巴尔的摩乌鸦队标志的棺材、高尔夫俱乐部形状的骨灰瓮、印着猎鸭图案的裹尸布等。《殡葬管理》（殡葬业主要的行业期刊）刊文称，有的墓穴喷上了托马斯·金凯德作品的彩绘，全部是田园牧歌的诗意景色，好像要迎来基督第二次降临似的。这些产品像是在替死者说：“我和我的邻居不一样，也和下一个死者不一样。我就是我，一个独特的个体，人们都将记住我！”我认为，殡仪馆提供的这些煽情的小把戏估计会让跳着死亡之舞的腐尸感到无地自容。

我理解人们对个性化的需求。事实上，我刚来西风火葬场上班时，曾天真地想开办“美妙死亡”殡仪馆，给死者提供独一无二的定制化葬礼。实际上，我们没必要一而再地购买丧葬用品，我们缺少的是葬礼仪式的真正内涵。仪式需要尸体、家人和情感全部在场，这些是消费实力无法替代的。

我在西风火葬场工作的这段时间，金属架上堆满了无人领取的骨灰盒。里面有婴儿、成年人、科学支持会送来的断肢，以及火化炉中的“残留物”——凡是在西风火葬场的炉子里火化过的死者，都留下了自己的痕迹。架子上的骨灰盒攒得足够多后，我们找了一个下午，给他们那场无人见证的海葬做准备。在这些逝者中，有的叫平川由里，有的叫格伦多拉·琼斯，还有人叫蒂莫西·罗宾诺维兹，全都被我放进箱子。骨灰盒上小小的蝴蝶结支棱着。他们的家人、表亲以及科学支持会承担了相关费用，委托我们把他们所爱之人的骨灰撒向旧金山湾，随着海风烟消云散。

准备工作花了我不少时间。针对海葬，加利福尼亚州有明确的法律条文，要求我反复核查死者的身份、授权书、与西风火葬场的每一份合同，并核对表格上的信息。最后，我打包了三箱骨灰，共有三十八个成年人、十二个婴儿、九个解剖用的试验品。这是属于我的死亡之舞，由我带领他们走向终点。

这三个箱子将于第二天一早装上西风火葬场的海葬专用船。我向麦克暗示，应该由我负责，因为我想陪伴他们走完全程：我收殓了他们的遗体，送他们进了火化炉，也想亲自为他们举行海葬。可惜还是被麦克抢了去，他早就想迎着清晨的海风出海冒险了。总得有人留在西风火葬场接电话、烧尸体，这个人就是火化工、殡葬业金字塔底层的那个女人——我。

第十一章 厄洛斯与塔那托斯[1]

我在蒲南蕾长大，儿时的大部分时间都泡在家中的游泳池里。在我十几岁时，泳池的清洗泵坏了，里面逐渐长满绿油油的杂草，积了厚厚的一层。于是，我童年时代的乐园变成了附近那些青蛙和野鸭的栖身之所，一个普通的郊外住宅区就这样隐藏了一处深受动植物喜爱的沼泽。

我敢肯定，邻居们并不欣赏道蒂一家保护环境的努力。泳池里的青蛙嗓门巨大，整夜叫个不停。住在街对面的北佐木一家对两只野鸭恨之入骨，这已经不是什么秘密了，因为它们经常溜达到他家的草坪上大便。当两只鸭子的尸体并

1 古希腊神话中的爱神和死神。

排出现在街上时（虽然未经证实，但我觉得是被老鼠药毒死的），我把它俩的惨状画下来，并默默诅咒北佐木一家。第二年，他们就搬走了，大概是被自己的恶行和我施下的诅咒逼疯了。

就这样过了十五年，我爸妈才找人来修理泳池。水放干净之后，池底露出薄薄一层尸骨，都是鸟、癞蛤蟆和老鼠的。可惜没有人类的骨头，让我爸打赌赢了。如果里面至少有两具邻居的尸体，那才叫好玩呢。

早些年，当我家的泳池还是真正的泳池时，我和住在周围的一群七岁的女孩最喜欢按照《小美人鱼》的故事过家家。这是一部一九八九年上映的迪士尼动画电影，几乎成了我们的一切。游戏开始前，先要制定一套严格的规矩。“我是一条小美人鱼，穿着亮晶晶的紫色胸衣，头发是绿色的，还长着一条闪亮的粉红色尾巴。我最好的朋友是一只会唱歌的章鱼。”其中一个女孩宣布。如果你先占用了绿色头发和粉色尾巴的设定，抢走了其他女孩选择类似颜色的机会，她们就会觉得自己受到了排挤，最后以躲在香蕉树后面号啕大哭结束游戏。

迪士尼的动画片彻底扭曲了我的爱情观，《小美人鱼》尤甚。如果你没看过，请允许我介绍一下情节（和安徒生的原著相差甚远，后面我会具体说明）：爱丽儿是一位年轻貌美的人鱼公主，有动听的歌喉。她深爱着王子艾里克（一个和她有过一面之缘的人），沉迷于人类文明（收集了满满一岩洞的人类物品），因此极度渴望变成人。邪恶的深海女妖告诉爱丽儿，自己可以把她变成人，但爱丽儿需要用自己美妙的声音交换，从此成为一个哑巴。爱丽儿同意了，女妖将她的鱼尾变成了两条人腿。幸运的是，虽然爱丽儿说不了话，但艾里克王子依然爱上了她，因为她是那么可爱，可爱的女人用不着开口说话。深海女妖试图拆散他们二人，但爱情战胜了邪恶。爱丽儿嫁给王子，永远变成了真正的人。完。

我一直幻想拥有这样的爱情——邪恶女妖和机智却刻薄的龙虾指挥除外，进入青春期后，我才从这不切实际的幻想中醒悟过来。

作为一名拥有特殊癖好的青春期少女，我在夏威夷的社交圈仅限哥特和性虐／恋物俱乐部，经常光顾的有“肉体”和“地牢”两家俱乐部。这两个地方位于机场附近的厂房，每周六都举办活动。白天，我和朋友们是身穿制服的私立学校的乖乖女，告诉父母晚上要在朋友家过夜。天一黑，我们就换上网购的黑色乳胶长裙前往俱乐部。在干冰机制造的烟雾中，我们几个人被绑在铁质十字架上，接受皮鞭的调教。俱乐部凌晨两点关门，我们来到二十四小时营业的“齐普”

餐厅，里面一些不明就里的夜猫子叫我们“女巫”。我们在洗手间卸妆，然后钻进我爸妈的车里睡几个小时。我是学校独木舟队的主力选手，第二天一早不得不脱下胶衣，赶去参加两个小时的海上训练。在训练的过程中，不时有海豚在我们的船边跃起。夏威夷真是个有趣的成长之地。

身为一名生活在二十世纪末的美国儿童（或者说美国式儿童），我完全不知道自己最爱的迪士尼动画片取材于血腥残酷的欧洲童话，全是从格林兄弟和安徒生那里偷来的。这些童话没有耳熟能详的“他们从此幸福地生活在一起”，多是格林兄弟《牧鹅姑娘》里的那种结尾：“最好的办法就是脱光她的衣服，把她装进钉满钉子的木桶……让两匹白马拉着在大街上拖来拖去，直到她死了为止。”

安徒生在一八三六年创作了童话《海的女儿》，里面没提到任何喜爱唱歌、跳舞的海洋生物。故事中，年轻的人鱼公主爱上了人类王子，向海巫婆求助（到目前为止，迪士尼动画版和原版情节一致）。人鱼公主得到了两条腿，但每走一步都剧痛无比，好像行走在刀尖上。巫婆向公主索要酬劳，她要“割掉美人鱼的舌头，让她变成哑巴，再也不能说话和歌唱”。二人最终达成了交易，如果美人鱼没有得到王子的爱，她就会化为海上的泡沫，失去不朽的灵魂。好在王子对她产生了好感，“允许她睡在他门外的天鹅绒垫子上”。

如果真的是爱情，男人怎么会让女人睡在门口的狗窝里呢？

王子对睡在自己门口的哑女并未心动，而是娶了邻国的一位公主。人鱼公主知道没有赢得人类王子的爱，自己将于婚礼后的早上死去。最后一刻，她的姐姐们把长发交给女巫，换来一把匕首。她们把匕首交给她，说道："天亮前，你要把刀插入王子的心脏。当他的鲜血流到你的脚上时，你的双脚又会连在一起，成为一条鱼尾，你就可以恢复美人鱼的原形。"人鱼公主不忍心杀死心爱的王子，她跳下船，迎接自己的死亡。剧终。你把《海的女儿》原封不动地拍成动画片试试。

我真心希望自己童年看到的是这个版本。对于儿童来说，现实的爱情和死亡要比圆满大结局真实得多。迪士尼电影给儿童展现的是粉饰后的现实，充满了动物跟班和不切实际的期盼。神话学家约瑟夫·坎贝尔很明智地提醒大家，别把圆满大结局当回事，"我们已知的世界，也就是我们眼前的这个世界，只有一个结局：死亡、崩坏、解体，以及失去挚爱之人时内心经受的苦难"。

死亡和崩坏的结局从来得不到大众的欢心，还是老调重弹的你侬我侬更符合人们的胃口。现在，我怀着强烈的不安，和各位分享一下我本人的情爱故事。事情起始于布鲁斯给一具解剖后的尸体做处理。

“嘿，布鲁斯，昨天古提艾雷斯女士的家人把衣服给你了？”我问道。

“老天，你看到那条内裤了吗？”布鲁斯叹了口气，“我真想跟那家人说，你们的祖母不是贝蒂·佩吉，用不着穿丁字裤。”

“他们为什么这样做？这也太古怪了。”

“人总是干一些不着调的事儿。拜托，丁字裤的‘g’又不代表‘祖母’。”布鲁斯指了指躺在操作台上的年轻人，“克里斯今早把他从法医办公室接来，死于吸毒过量之类的。”

这时，我才发现操作台上的这个人没有脸。他的脑袋还在，但是脸不见了。发际线到下巴之间的皮肤被整片剥离下来，像水果去掉了皮，血管和肌肉全部暴露在外。

“布鲁斯，他怎么这副样子，出什么事了吗？”我问道，以为他会告诉我这个人感染了食肉病毒，整张脸都被吃掉了。

原来，像掀起沙丁鱼罐头似的掀开人脸是常见的解剖手法。验尸官进行尸检时，需要拿出死者的大脑。他们沿着头皮划开一道口子，揭下整块皮肤，然后用开足马力的电锯锯开头盖骨。在剥头皮方面，验尸官和古代赛西亚人使用的技巧惊人地一致。赛西亚战士提着敌人的首级向国王邀功，之后再剥下他们的皮。一名骁勇善战的勇士（或行医之人）腰间通常系有一大串头皮。

验尸官取出大脑后，将天灵盖斜放在死者颅顶，酷似报童歪戴在头上的帽子，之后再把脸平铺回原位。这就是殡仪馆的职责，拼贴好支离破碎的人。因此，布鲁斯那天明显有些心烦意乱。

“瞧，凯特琳，我和他的家人说了，我是防腐师，不是魔术师，明白吗？”他嘟囔了一句，这是他最喜欢的笑话。

布鲁斯屡败屡战地试图让头骨归位。他把毛巾剪成细条，用来固定死者的前额。他看起来绝望极了，因为西风火葬场的准备室里没有配备专业的头骨修复工具。

“我能帮你做些什么？”我决定挺身而出。

“给我拿点儿‘花生酱’。”

他要的不是真的花生酱，而是一种修补尸体用的泥子，殡葬业的老家伙们将其称为“花生酱”。当时没有人给我解释，害得我接下来几周逢人便说，防腐师给遗体美容的绝活之一就是往人家脑袋里涂花生酱。专业防腐，必选杰夫[1]。

没有了脸上的皮肤，这个年轻人的头骨邪恶地咧嘴大笑。每个人的面容之下都藏有这样疯狂的笑脸，不论皱着眉

1 杰夫：联合利华旗下的清洁用品品牌，呈奶油状。

还是流着泪，甚至在垂死之时。一想到这里，我就有些紧张不安。骷髅头仿佛听明白了布鲁斯的意思，此花生酱非彼花生酱。他看我一脸困惑，肆意嘲笑起我的无知。

布鲁斯轻轻地把皮肤贴合在死者脸上，像是帮他戴上一副万圣节面具。终于能看到他的真面目了。就在这时，我的心突然一沉，几乎掉到了膝盖以下。他的脸回到原位那一刻，我认出了他。他是卢克，我最亲密的朋友之一。这是他的尸体，浓密的棕色头发上粘着干涸的血迹。

接到西风火葬场决定雇用我的消息后，我第一个告诉了卢克。他从不认为我痴迷于死亡有什么问题，我可以毫无保留地和他分享我对生与死的感悟。我们无话不谈，大到存在主义，小到英国喜剧片里的笑话（好吧，我承认影片是从网上非法下载的）。卢克虽然有些歇斯底里，但他是个优秀的倾听者，能回答我丢给他的任何问题。最关键的是，西风火葬场的工作改变了我对死亡的所有看法，我时常怀疑自己，还总在工作中犯傻。他对此特别理解，从不对我评头论足。

短暂的痛苦之后，我发现自己认错人了。“花生酱”不是真的花生酱，死去的瘾君子也不是真的卢克。真正的卢克住在几百英里外的洛杉矶，但这个人和他长得几乎一模一样。一旦看见了，你就再也忘不掉。

布鲁斯做完防腐就回家了，麦克让我留在准备室，清理假卢克的尸体。假卢克躺在白布单下面，解剖留下的伤口全部缝合完毕，像一床打满补丁的棉被。我掀起白布，用温水毛巾擦去他头发、睫毛和手背上的血迹。真正的卢克还活着，但我知道他也会有死去的那一天。如果他在我向他表白之前就死了，我一定会后悔一辈子。

心理分析学家奥托·兰克声称当代爱情是一个信仰问题。当我们变得越发世俗，从家乡远走高飞之后，我们不再依靠信仰或社区来确认自己存在的意义，反而会寻找一个伴侣，以此转移自己的注意力，忽视自己作为动物存在的事实。法国存在主义哲学家阿尔贝·加缪最能代表这种观点："啊，我的爱人，对那些孤独的人而言，没有上帝、没有主人的每一天都糟糕透顶。"

在西风火葬场遇见假卢克的那一天，我刚搬到旧金山不久，孤身一人，谁都不认识。二十四岁生日的清晨，我走到自己的车边，发现雨刷器下夹着一朵花。我陶醉了好一阵，很开心有人记得。但不久我就悲伤地醒悟过来，是我自作多情了。旧金山不可能有人知道我的生日，这朵花应该是风吹过来的。

当晚下班之后，我买了张比萨，一个人吃掉了。我妈打来电话，祝我生日快乐。

除了麦克、克里斯和布鲁斯，我常见面的还有一群青少年。我白天在火葬场上班，晚上给麦林县的富家子弟补习英语和历史（《纽约时报》最近称麦林县为“地球上最美丽、最田园化、最幸运、最自由、最洒脱的地方”）。我的学生天真烂漫，家里有一片精心料理过的草坪和一对用心良苦的“直升机父母”（helicopter parents，指那些望子成龙、对孩子过度关切的父母）。他们的爸妈一点儿也不愿意过问我的日常工作。我从西风火葬场出发，穿过圣拉斐尔大桥来到那些俯瞰海湾的宅邸。这是我赚取外快的唯一方式，光凭烧尸体得来的收入，我无法负担在旧金山生活的花销。

我过着双重生活，不停地穿梭于生者和死者的世界。这种对比太过明显，说不定某天他们一眼就能察觉出来。“下午好，很高兴来到您价值几百万美元的家中。我的身上沾满了骨灰，闻起来有些轻微腐烂的味道。请付我一大笔钱，我才能给你这不成器的孩子补习功课。”就算他们注意到我身上满是灰尘，也不会贸然提及。这是人类的骨灰！人的！

当知道自己大限已到时，你会变得无比勇敢：你会原谅你的劲敌，给爷爷奶奶打电话，减少工作，多去旅游，学习俄语，织毛线活儿，以及……坠入爱河。当我以为操作台上的尸体是卢克时，我发现自己早已爱上了卢克。这份情感比我想的要炽烈，像是天上劈下来一道闪电将我击中。卢克成了我的梦中情人，我迫切地希望他能给我带来安全感，抚慰我的心灵，将我从过去几个月的不安中解脱出来。如果我和他在一起，我就不会孤独地死去：他可以安排我的葬礼，在我临终前握住我的手，擦去我嘴角渗出的鲜血。我可不愿落到伊薇特·维克斯那样的下场。她是一名 B 级片女星，曾出演《五十英尺高的女人》，在家中死后一年多才被人发现，尸体已经变成干尸。她生前离群索居，很少有人去探望她。我没有纠结自己的尸体是否会被宠物猫吃掉，而是把孤独投射到卢克身上。

等到火化莫琳时，我还在想着卢克。莫琳五十多岁，诊断出癌症不久后，病情迅速恶化，一年后就去世了，而她的丈夫马修独自留在世上。按理来说，先离开的该是马修，他瘫在轮椅上，连家都出不去。克里斯不得不登门拜访，帮他安排莫琳的火葬。墙上的日历用悲伤的字体写着：九月十七日，莫琳走了。

是我把莫琳的骨灰送到马修手里的。他留着灰白色的长发，坐着轮椅来到客厅，声音细得有些古怪。我把莫琳的骨灰交给他，他一动不动，眼睛都没抬一下，只是轻声向我道谢，像抱婴儿似的将棕色的骨灰盒抱在怀里。

某个周一早晨，我发现躺在冷库里的不是别人，正是马修本人。他的姐姐拿着一小袋东西来到西风火葬场，告诉我们马修想让这些私人物品和他一起火化。

逝者的家属经常要我们这样做。只要里面没有易爆物品，我们很乐意满足他们的要求，反正烧什么都是烧。我把马修放在传送带上送进火化炉里，然后打开那个小袋子，里面有一缕莫琳的头发、两个人的结婚戒指，还有十五张照片。照片上不是那个声音尖厉、坐在轮椅上的老头，而是一名身体健康的年轻男子和他面带红晕的娇妻。莫琳和马修结婚二十多年，二人幸福过、年轻过、美丽过。他们有许多朋友，还养了几只小狗，两个人的生活看起来充满欢声笑语。最重要的是，他们拥有彼此。

又有一件东西从袋子里滑落出来。那是莫琳的身份牌，几周前，我把它系在莫琳身上一同火化了。在整个火化过程中，身份牌一直和尸体在一起，最后留在骨灰堆里。这样一来，保存在储藏柜和阁楼里的骨灰，年代再久远也能知道是谁的。莫琳的身份牌和我系在马修身上的一模一样（只不过编码不同）。我能想象，马修把手伸进莫琳的骨灰中摸索，找到了她的身份牌。他拿起这片沾有灰烬的金属牌，紧紧贴在脸上摩挲着。虽然这么说有些奇怪，但我感到万分荣幸，自己就这样步入了只属于他们的最后一刻，见证了他们爱情故事的最后篇章。

把马修送进火化炉前，我站在他的遗体旁哭了（其实就是抽泣了几下）。就算自己挚爱的人早晚会死，我也渴望拥有像他们这样深沉的爱。难道迪士尼不欠我们一个这样的结局吗？

十四世纪时，唐·佩德罗是葡萄牙的王位继承人。他爱上了一位名叫伊内斯·佩雷斯·德·卡斯特罗的女贵族，但他那时已有妻室，和伊内斯只能暗地里相爱。几年后，他的妻子死了，他终于能光明正大地与伊内斯厮守在一起。他们二人生了好几个孩子，但是佩德罗的父亲（当时的国王）却将这些子嗣视为威胁。趁佩德罗不在，国王处死了伊内斯和她的孩子。

佩德罗怒不可遏，与父亲反目成仇，最终夺取了王位。他令人把处决伊内斯的刽子手从卡斯提尔带回，让人当着他的面掏出他们的心脏。佩德罗宣布伊内斯是他的合法妻子，并下令挖开她的坟墓。此时，距离伊内斯被杀已过去六年。到这里，传说和史实掺杂在一起。据说，伊内斯的尸骨被安放在国王宝座上，头骨上戴着一顶王冠，大臣们不得不亲吻皇后的骷髅手。

唐·佩德罗国王渴望拥有伊内斯，我渴望拥有卢克。葡萄牙语里有一个很难翻译成英语的词——saudade，描述一种惆怅的渴望情绪，对失去的某个人或某物倍感痛苦。假卢克那张被揭下的脸阴森、恐怖，预演了真卢克的死亡，卢克随时都会离我而去。我现在就需要他，谁知道是不是还有明天。但我不介意从长计议，不管时间是长是短，我都要想方设法和他在一起。

第十二章 冒泡

这天早上和平时没什么不同。“凯特琳！”准备室里传出麦克的大叫声，“过来帮我把这个大家伙抬到桌子上！”但印象中，他其实说的是：“过来帮我把这个大块头的墨西哥佬抬到桌子上！”不过这不太可能，麦克特别讲究政治正确（有一次，他把奥克兰帮派火并中的死者称为“城市里的年轻有色人种”），“大块头的墨西哥佬”估计是我的记忆搞的鬼。不管怎么样，我们从担架抬到操作台上的人，既不是大块头，也不是墨西哥人。他是个体形巨大的萨尔瓦多人，以卖保险为生，体重超过四百五十磅。你如果想了解一下“死沉”究竟有多沉，把这具严重肥胖的尸体从颤巍巍的担架上抬起来就知道了。

胡安·桑托斯死于海洛因吸食过量，两天后，他的尸体才在位于旧金山海湾东岸的家中被发现。尸检由验尸官完成，缝合好的胸腔上有一道明显的 Y 字形伤口，从锁骨一直延伸到肚子。“你在冷库里找到他那袋内脏了吗？”麦克问道。

“内脏？你是说器官之类的东西？”

“对。验尸官把他的器官取出来，放进那些危险物品专用的红色口袋里，和尸体一起运过来了。”

“就塞在尸体边上吗？”我问道。

麦克咧嘴一笑，说：“不是。克里斯把袋子扛在肩上，像圣诞老人扛礼物那样。”

“啊，真的？”

“当然不是真的，伙计。怎么可能呢？！那太恶心了。”麦克说道。

看来麦克的心情不错。我试着跟上他的节奏，开一些与圣诞节和人体器官有关的玩笑。“也就是说，这就是‘剩蛋’老人传说的起源喽？谁能拿到内脏做成的圣诞礼物，好小孩还是坏小孩？”

“我猜这取决于你的变态程度。”

“之后再把它们全部放回尸体里？”

“是的。葬礼明天举行，布鲁斯今天下午给他防腐。布鲁斯会把所有器官放在防腐液里泡一遍，然后塞回他的体内。”麦克解释道。

把胡安抬起来放到操作台上后，我和麦克长长地出了一口气。接着，麦克拿出卷尺说：“他的家人订了一口棺材，我得量一量他的尺寸。希望能装得下，因为我真不愿意告诉他们，他得用超大号的。也许这事儿应该由你负责。”麦克微微一笑，对这个想法很满意。

世界卫生组织（以及那些教你极端减肥方法的电视节目）指出，美国体重超重的成年人的数量为全球之首。不用说，超大号棺材的市场一定火爆。

“歌利亚”牌棺材的官网上有一段动人的品牌故事：

> 二十世纪七十至八十年代，市场上很难找到超大号棺材，仅有的几种也质量欠佳。一九八五年，基斯的父亲福里斯特·戴维斯（绰号“小个子”）辞掉了在棺材厂当焊接工的工作，当众宣布：“小伙子们，我要在家做一批特大号棺材，大到你们可以骄傲地放进自己的母亲。”他把农场的旧猪圈改造成公司，只销售两种型号、一种颜色的棺材。

我们应该借“小个子”的主意一用，因为普通尺寸的棺材根本放不下胡安。胡安（愿上帝保佑他的灵魂）的个头儿有多高，身体就有多宽。“继续，把他的双臂交叉放在胸前，就像躺在棺材里那样。”麦克指挥道。

我伸直了胳膊去够胡安的双臂。“不不，还要叉得再紧一些，紧点儿，再紧点儿。”麦克一边说，一边拿卷尺测量胡安的肩宽。此时，我已经彻底趴在胡安的尸体上了。“继续，继……成了！瞧，肯定能把他装进去。”

“哦，得了吧，能装下才怪呢！”我说道。

“装不下也得装。他的家人为葬礼支付的钱早就超出他们的能力范围了，只要我能解决，我就绝不会让他们为了一口大号棺材再多花三百美元。光是告诉他们普通棺材放不下他们的儿子，就已经够难的了。”

当天晚些时候，我正在研磨一些碎骨头，布鲁斯来了。这只狡猾的老狐狸一看到胡安，就立刻大声叫唤起来：“凯特琳，凯特琳！这家伙一个能顶好几个墨西哥人。他很快就会变臭，胖子都臭烘烘的。”

“你们怎么都说他是墨西哥人？”研磨机震耳欲聋，我提高嗓门喊道。

布鲁斯搞错了胡安的血统，还认为胖人的尸体一定都难闻。毋庸置疑，从准备室传出的是我迄今为止闻到过的最窒息的恶臭。也许你觉得我会被恶心个半死，但我坚信再难闻的气味也有可取之处，彩虹的尽头有黄金嘛。

我没少看布鲁斯给尸体防腐，但面对一具四百五十磅重的尸体，我认为不论心理上还是情感上，自己都没有做好准备。防腐师需要把尸体上缝合好的 Y 形伤口打开，接着按照麦克说的那样，给装在危险物品专用袋里的内脏做化学处理。我走进准备室时，布鲁斯正好在进行这道工序。

“血肉堆积成的沼泽泥潭”根本不足以形容我眼前的场景。胡安的血液和脂肪比常人要多得多，器官也更大，很难想象一个人的体内竟能装下这么多东西。布鲁斯把胡安的内脏从袋子里掏出来，然后一口气念叨了一大串：“我跟你说过，凯特琳，他的味道特别大。肥胖的人比一般人腐烂得快，这就是科学，姑娘。原因就在于脂肪，细菌爱死脂肪了。解剖时，细菌趁机钻了进去，之后产生的味道真是……嚯，不一般。”

事实证明，布鲁斯是对的。“胖子都臭烘烘的”这个论断并非出于偏见，而是事实。

“他体内的所有玩意儿全都冒泡了。我管这个过程叫‘冒泡’。好在他没死在浴缸里，没有比死在浴缸更糟的了，简直糟透了！你把尸体抬起来时，很容易扯下粘在缸壁上的皮肤，脂肪从破口流出来，那股子味道根本无法形容。”布鲁斯吹了个口哨，声音特别夸张，“你会因此留下心理创伤，鼻子里恨不得一整天都是那股味道，有可能一辈子都挥之不去。”布鲁斯完全没有要停的意思，“看看他吧，海洛因吸食过量？我看更像是心脏病。瞧这个，”布鲁斯从胡安的胸腔里掏出他的心脏，拿到我跟前，“这就是他的心脏，整个儿都被脂肪包裹住了！他死前和朋友在酒吧里，一边吃汉堡包，一边吸毒，两样东西混在一起……”他摊开双手，露出那堆黄色的脂肪，“所以说，你千万不能变胖！”我当时肯定一脸受到侮辱的模样，因为布鲁斯急忙补充道，“别误会，我指的不是你，姑娘，你的身材棒极了，但你肯定有一些胖乎乎的朋友，记得提醒他们。”

我没吭声。

布鲁斯以前是讲师，他给我讲这些不是想吓唬我，而是出于教育的目的。肥胖的人比正常人腐烂的速度要快，所以他们在尸检后臭气熏天。这是事实，但并不意味着我们要把这个信息分享给死者家属。别以为给我一笔钱，我就会向胡安的母亲解释为什么她的儿子闻起来是这个味道。殡葬者作为葬礼的幕后推手，自己心里明白就得了。

我们之所以厌恶胡安这种腐烂的尸体，大多是因为本能。进化令我们排斥不利于食用的东西，腐肉当数第一。秃鹫这样的动物拥有腐蚀性超强的胃酸，轻而易举就能消化腐肉，但人类更倾向于食用煮熟的食物，尽量避免病从口入。

“说真的，布鲁斯，”我开口道，“我从没闻过这么难闻的气味。”

对于你们这些没机会享受“死亡香氛”的人来说，人类腐尸以甘草为前调，混有一股浓烈的柑橘味。注意，这可不是夏日里的新鲜橘子——更像是直接喷进你鼻孔里的橘子味工业用清洁剂。中调是放了一天的白葡萄酒，酸爽得足以招来一群苍蝇。后调则是阳光暴晒后的一桶咸鱼。我的朋友，这就是尸体腐烂的味道。

布鲁斯略带歉意地说：“哎，我本想提醒你不要去闻，但这跟告诉小孩‘不准碰那个红色的大按钮’有什么区别？”

除了胡安·桑托斯这种死于非命的个别案例，我们平时接触不到腐尸。如今，处理尸体的方式只有两种：第一，防腐后土葬，永远不会分解（至少能变成一具硬邦邦的木乃伊）；第二，火葬后化为灰烬。不管哪种做法，你永远也看不到尸体腐烂的那一刻。

正是因为我们没见过腐尸，所以总怕它们从坟里爬出来袭击我们。不难想象僵尸为何能成为文化热点，它们是头号全民公敌、不能说的秘闻、世界上最可怕的怪物——腐烂的活跳尸也是如此。

人们误以为“土葬”就是直接把尸体埋进土里，这为僵尸世界大战埋下了隐患。在迈克尔·杰克逊那首 *Thriller* 的音乐录影带中，土里伸出腐烂的手，接着整个死尸从坟墓里钻出来。这种土葬方式确实有过，但发达国家已经不流行这么做了。如今，尸体首先经过防腐处理，放入棺材中封好，然后置于混凝土或金属材质的地下墓穴。尸体被不同的人造物层层包裹，完全与地面上的世界隔离开来。最后再在坟墓上立一块石碑，好似点缀在圣代冰激凌上的樱桃，拒绝承认死亡的存在。

没有法律规定必须使用墓穴和棺材，这只是墓园自己定的规矩而已。墓穴的作用在于把尸体和土壤隔开，美化地面景观时可以更统一、更节约成本。作为一项增值服务，墓穴还能靠个性化设计提高价格。人造大理石？青铜？家属朋友们，请随意挑选。

作家兼环保主义者爱德华·艾比去世后，他的朋友们不忍将其安葬在传统墓园，于是把他的尸体偷出来，装入睡袋后放到卡车上，一路驶向亚利桑那州的卡贝萨·普里埃塔沙漠。他们在尘土飞扬的路上开了许久，一直到公路尽头才停车，就地给艾比的尸体挖了个坑。他们在路旁的石头上刻下艾比的名字，还往坟上浇威士忌。这种悼念方式非常契合艾比的理念，他一生都在警告人们，远离自然必将带来危害。他曾说过："如果我的尸体能够滋养杜松树的树根，能够让秃鹫的羽翼更丰满——这足以成为我的不朽，其他任何人也应如此。”

凭借自然的力量，人类的尸体在土地里腐烂、分解、断裂，最后融入大地母亲的深处，回归尘土。然而，我们却用防腐技术和厚重的棺材中断了这个过程，绝望地想阻止这不可避免的结局。这恰恰证明了我们是多么惧怕自己腐烂。殡葬业打着让尸体看起来“自然”的名义，大肆推销棺材和防腐技术。这种死亡习俗，其自然程度不亚于训练棕熊或大象等大型动物穿着小外套跳舞，以及在环境恶劣的美国沙漠架起仿造的埃菲尔铁塔与威尼斯运河。

对人体腐烂的厌恶并非贯穿西方文化史。事实上，我们和腐烂一度有过甚是亲密的关系。在基督教早期阶段，基督教还是一个艰难求生的小型犹太教派。信奉新救世主的人们面临严酷的迫害，有时还会因自己的信仰而送命。这些殉道者的下场着实可怕：砍头、石刑、剥皮、绞刑、十字架刑，有的被丢进滚烫的油锅，有的被送去喂了狮子，等等。他们得到的报答就是直接升入天堂，没有炼狱，没有审判日，直达上帝的国度。

到了中世纪，这些殉道者兼圣徒成了明星。公元前三二四年，君士坦丁大帝宣布基督教合法，殉道者的尸体立刻成为“热门景点”。如果你的教堂有一具知名圣徒的遗体，哪怕只有一颗心脏、一块骨头或一小瓶鲜血，崇拜者都会蜂拥而至。人们相信圣徒的灵魂徘徊在遗体周围，赐予前来致敬的信徒奇迹和圣洁。

疾病有救了！干旱消失了！敌人被打败了！但比起再三前来朝拜圣人，和他们埋在同一座教堂岂不是更好？毫无疑问，与圣人埋在一起能让不朽的灵魂得到庇护。

随着基督教越发壮大，越来越多的教徒要求把自己埋在教堂里或四周，只为一沾圣徒的仙气。这种土葬方式在帝国内迅速蔓延，从罗马帝国、拜占庭帝国，一直到现在的英国和法国，很多城镇整个都是围绕这些教堂和尸体建立的。

教堂忙着满足日益增长的市场需求——目的当然是挣钱。富得流油的权贵之人大都选择离圣徒最近的位置，但凡有个能装下人的大坑，里面就肯定有一具尸体。毫不夸张地说，教堂里到处都埋着死人。半圆形后殿的附近和入口处的门厅是最佳位置。除此以外，其他位置均免费提供：有的埋在楼梯的地板下面、屋顶上或屋檐下，甚至砌进墙里。你要是去祷告，教堂墙里的尸体说不定比教区居民的数量还多。

由于没有制冷设备，教堂在炎热的夏季肯定臭气熏天得超乎想象。意大利医学家伯纳迪诺·拉马齐尼曾抱怨道："教堂里埋了太多的人，尸体经常暴露在外，这可恶的味道定是来自他们。不管教堂点燃多少熏香、媚药和其他香料以驱散恶臭，这股瘴气显然仍对活人极其有害。”

如果你没钱没势，不能在教堂里得到一块安息之地，那么可以考虑一下后院。有的尸坑约三十英尺深，埋了一千五百具尸体。这个习俗完全颠覆了中世纪前期罗马人和犹太人的信仰，他们认为死尸是不洁净的，应埋在远离城镇的郊区。教堂后院在中世纪时期演变为墓地，墓地因此不再隐藏在人们的视线之外，而是成为城镇生活的中心，成为社交和经商的核心地带。

商贩向来往的人们兜售啤酒和葡萄酒，建起公共火炉来制作新鲜面包。年轻的情侣在暮色中漫步，还有人在聚集的人群中演讲。一二三一年，鲁昂委员会禁止公众在墓地和教堂跳舞，违反者一律逐出教会。看来人们没少找乐子，不然怎么能出台如此严格的禁令呢？就这样，生者和亡者和谐地生活在墓地里。

历史学家菲利普·阿雷兹在其精彩绝伦的著作《死亡面前的人类》中，全面研究了一千年来西方的死亡文化。他声称：“从今以后的很长一段时间内，亡者不再给人们带来任何恐惧。”这个说法可能有些夸张，但就算中世纪时期的欧洲人惧怕死亡，他们也能想办法克服，因为与圣徒相伴所得到的荣耀相比，死人不体面的模样和味道已经不重要了。

中世纪的死亡文化是我第一个（学术上的）真爱。跳舞的骷髅、雕有蛆虫的墓碑装饰、藏骸所、教堂墙里发臭的腐尸，我彻底迷上了这一切。中世纪晚期对人体腐烂的照单全收，与我现在所处的时代大不一样。童年时代，我只参加过两次葬礼：一次是阿基诺伯伯的，他那张防腐过度的面具脸在棺材里冲我冷笑；另一次是童年好友母亲的追悼会，我连遗体的影子都没见着。牧师从没正面提到过她的死，一直用委婉的语言描述这件事："她的灵魂是一顶帐篷，残酷的生命之风吹过棕榈树，将我们姐妹的帐篷吹倒。"

即使在西风火葬场，腐尸也不常见。鉴于现代世俗的死亡观，我们的大部分客户都死在疗养院、医院等封闭性医疗机构，之后才被匆匆送到我们的冷藏间。冷藏间的温度一直保持在四十华氏度以下，算不上冷冻状态。在州政府下发相关许可证之前，这些客户要在里面待上几天，但即使如此，大多数遗体早在发臭之前就被火化了。

一天早上，我打开冷藏间的门，掀起塑料门帘，一股臭气扑面而来，差点儿把我熏个跟头。这肯定是尸体腐烂的味道，一定错不了，只要闻过一次，你就再也忘不掉。

"克里斯，天哪，这是怎么回事？谁这么臭？"

"我估计是罗伊斯。我昨天把他运来的，他当时的情况可不太好，凯特。"克里斯摇了摇头。我很欣赏克里斯的严肃劲儿，这股浓烈的恶臭的确不是什么笑料。

原来如此，罗伊斯，腐臭的来源就是你，你都快把冷库变成炼狱了。我赶紧为他申请死亡证明，越快火化越好。我打开装有他遗体的纸箱，只见里面躺着一个沼泽状的男人——“沼泽状”是我能想到的最贴切的形容词了。罗伊斯全身呈鲜艳的嫩绿色，类似于二十世纪五十年代凯迪拉克的颜色。他是具“浮尸”，这个不幸的名字是殡葬业的叫法，专指水里发现的尸体——就罗伊斯而言，地点是旧金山湾。我很快把他火化了，心想：这臭气熏天的日子总算结束了。

但我仍然能闻到臭味。罗伊斯已经没了，可是腐臭还在。看来我得调查一番了，有可能是情况最糟的那种调查。我凑近纸箱挨个儿闻了闻，直到……是你！艾伦！你这个医学检查部送来的女人！你简直臭得离奇，没有比你更臭的东西了。看看你，皮肤都已经剥落了。你发生了什么事？你今年五十六岁，死亡证明上说你生前是个“时装销售”。

罗伊斯在旧金山湾里漂了几天，但我至今不知道艾伦经历了什么。当我终于把她送进火化炉后，我坐下来，津津有味地读着奥克塔夫 · 米尔博的《秘密花园》。我曾一度沉迷于颓废的法国文学，那时我才第一次知道这本书。我连三行都没读完，书中就出现了一个角色，那是“一个好色的浅薄之徒，陶醉于腐尸散发出来的恶臭”。我第一个反应是：“棒极了，这不就是我吗？！”不过，真是这样吗？不，这不是我，也不是在西风火葬场工作的任何人。我对腐尸的关注也许纯属学术兴趣，但并不意味着我是性变态，一闻到腐烂的味道就来了性致。我不会每天都待在冷藏间，一边深呼吸，一边忘情大笑，也不会赤身裸体地在瘴气中舞蹈，释放淫荡的情欲。相反，我会皱起鼻子，全身不停地发抖，恨不得一天洗十二次手。人体腐烂不过是死亡的又一个真相，通过必要的视觉（和嗅觉）感官提醒我们，我们的肉体很脆弱，在宇宙中转瞬即逝。

保持这样的警觉是有益的，而且亲眼所见人体腐烂的模样，也会带来非凡的启发。自古以来，佛教僧人就通过观想腐尸达到远离肉欲进而永久抑制欲望的目的。观想的内容主要是尸体的不同样子：(1) 胀想；(2) 坏想；(3) 血涂想；(4) 脓烂想；(5) 青瘀想；(6) 啖想；(7) 散想；(8) 骨想；(9) 烧想。

僧人还会前往乱坟岗观想真正的腐尸。没有比长期直面腐尸更能消除对死尸的恐惧了。

如果腐尸彻底从文化中消失（现在已经消失了），但我们又需要这些腐尸消除对死亡的恐惧（是的，我们需要），那么完全摆脱了腐尸的社会将是什么样子？我们无须假设，我们就生活在这样的文化中——否定死亡的文化。

否定死亡的形式有很多种。我们痴迷于永葆青春，着了魔似的购买护肤品，把化学成分往脸上涂；还尝试排毒养生法，因为商家不停地告诉我们自然衰老有多么可怕。用来制造抗衰老产品的投入每年高达一千亿美元，殊不知每年约有三百一十万名五岁以下的儿童死于饥饿。我们的科技和建筑也在加深这一否定，不断制造假象：比起马路上撞死的动物，我们和线条流畅的苹果电脑更有共同点。

要想打破这一循环，避免使用防腐技术、棺材、厚实的墓穴，就要选择绿色或自然土葬。现在只有几家墓园提供这种服务，但随着社会需求的日渐增长，这种方式越发流行。除去偷尸体和沙漠大逃亡这两个环节，爱德华·艾比的遗体就是典型的自然土葬。遗体用可降解的裹尸布包好埋入土中，坟墓前摆上一块石头做标记。遗体快速腐烂，把原子重新释放回宇宙，创造新的生命。自然土葬不仅是目前最环保的做法，而且既能减轻人们对腐烂的恐惧，又能降低失控的风险，可谓一举两得。选择自然殡葬意味着向他人宣布："我知道，自己是由无数有机物组合而成的，对此我无能为力，但我要庆祝一番。腐烂万岁！"

我在西风火葬场时，就决定要用绿色土葬处理自己的遗体了。我明白，原子构成了我的肉身，我的心脏、指甲、肾脏、大脑都是原子构成的。这好比一个通用的贷款计划，等时候到了，我就要把这些原子还回去。我不想用化学防腐剂保存自己的遗体，将原子彻底据为己有。麦林县就有一个类似的自然土葬墓园，从西风火葬场穿过桥就到了。在那里，我可以坐在起伏的丘陵间，俯视着鼓鼓的坟包，思索自己腐烂的那一天。僧侣通过观想不安的画面寻求自由，我也如此。我要直面心中的恐惧，童年时代的我没有这样的勇气，但慢慢地，我要逐渐摆脱它的束缚。

第十三章 大净

佛教传说中，释迦牟尼佛原名乔答摩·悉达多，出生于现在的尼泊尔。悉达多并非生来就有所觉悟，二十九岁之前，他一直过着舒适、豪华的宫廷生活。有人曾告知悉达多的父亲，也就是当时的国王，如果悉达多能够经历磨难或死亡，那么他将成为一名伟大的思想家。父亲自然希望他继承王位，而不是去当无足轻重的思想家，于是下令禁止皇宫内出现任何形式的死亡。

二十九岁那年，悉达多想外出巡游，走访周围的城市。他的父亲表面上同意，私下却做了安排，使得悉达多见到的都是健康的年轻人在从事健康的活动。众神大为不满，派出一个头发花白、一瘸一拐的无牙老人。悉达多见到这个老人后大吃一惊，因为自己从没见过人衰老的模样。接着，他又碰见一个染了瘟疫的人，最后看到一具在柴堆上熊熊燃烧的尸体。这次旅途令悉达多直面衰老、疾病、死亡和虚无，于是他放弃了皇室生活，出家修道。据说，之后的故事就属于宗教历史了。

在悉达多的故事里，尸体火化时展现出肉身的本来面目，不仅没有引发悉达多的负面情绪，反而起到了积极作用，加速了他的转变。死尸的出现迫使这位即将成为佛陀的男子正视生命的无常和多变，而恰恰是没有死尸的宫廷生活阻碍了他觉悟成佛。

西风火葬场改变了我对死亡的理解。在不到一年的时间里，我戴着尸青色的有色眼镜不停地思考。奇怪的是，正因为看不见死尸，我才相信尸体缺失是造成当今世界主要问题的根本原因。

尸体把生者和现实牢牢地绑在一起。来西风火葬场上班之前，我的生活一直和尸体绝缘。现在，我随时都能见到他们——冷藏间里堆着好几摞呢。他们强迫我直视自己和所爱之人的死亡。不管我们被多少种科技奴役，只有尸体能证明我们曾经是伟大的物种，在这个星球上吃、喝、拉、撒，然后等死。

今天躺在准备室操作台上的人叫杰里米，五十三岁，身上布满文身。他在监狱里过了半辈子，身上的许多图案都是自己刺的，数字和字母遍布胳膊和躯干，已经褪成了暗绿色。新文身也有，一看就来自后监狱时期，全是些小鸟、海浪等象征自由的图案，花花绿绿一大片。杰里米离开监狱，在不同寻常的新生活中寻找自由。他的文身着实令人震惊。都说人体是块画布，如果画布死了，这个说法才更具有冲击力。

我正要清洗杰里米时，火葬场前门的门铃响了。我摘下手套，穿过院子向门口走去。我还没来得及说"你好，请进"，一个女人就惊呼道——后来她介绍自己是杰里米的妹妹——"你好呀，一米八的美女！"

"啊，是的，我确实个儿高，你说得没错……"

"天哪，天哪，天哪，你真是个高大的美人！"她又发出一声尖叫，紧紧把我搂在怀里，给了我一个大大的拥抱。我向她道谢，即使那句"高大的美人"让我想起布鲁斯拿着堆满脂肪的心脏提醒我不要发胖。

我把杰里米的妹妹领进接待室，她掏出一个棒棒糖塞进嘴里，一边吃一边疯狂地用脚拍打地板。我不想无端猜测，但我觉得她可能吸食了某种形式的安非他命，现在正处于兴奋状态。她不是我第一个见到的嗑药多的家属，我们在奥克兰推销廉价的丧葬服务，就得承担这种压力。

“亲爱的，咱们这么办。”她说，“我要在旧金山给杰里米办一场体面的葬礼，然后把他埋在萨克拉门托国家军人公墓，我会开车跟在你们后面。”她说话的节奏和脚下的拍子一样。

“你知道从这里到公墓得开两个小时吧？”我说道。

“如果我不盯着你们，你们就会偷偷把他火化。说不定你们已经火化了。”

“女士，军人公墓等着我们把装有遗体的棺材运过去，然后才安排下葬。我们周四就出发。”我解释道。

“你根本没在听。我说的是，棺材里没有他的尸体，你们未经我的许可就把他火化了。”

我尽可能心平气和地向她解释，不管从逻辑上还是成本上，西风火葬场都不可能先火化杰里米，再把空棺材运到萨克拉门托国家军人公墓，但她就是不听。

杰里米的妹妹不是唯一认为殡葬工作者居心不良、对尸体干尽坏事的人，总有一些老太太给殡仪馆打电话，颤抖的声音中带有一丝困惑。

“西风火葬场，我是凯特琳。”我接起电话。

“你好，亲爱的！我是埃斯特尔。”一个女人说道，“我死后，火化我的就是你们。我和你们公司签过合同，费用也付清了。但是，我今天早上听新闻说，你们把好几具遗体放在一起火化，这是真的吗？”

“不，夫人，每个人都是单独火化的。”我语气坚定地说。

“他们说你们把遗体集中起来后扔进火堆，然后把混杂的骨灰分给家属。”埃斯特尔说。

“夫人，我不知道您说的‘他们’是谁。”

“就是播新闻的人。”

“我向您保证，他们说的肯定不是西风火葬场。我们这里每个人都有一个编码，而且单独火化。”我安慰她道。

她叹了口气，说：“好吧，亲爱的。我活得够久了，但一想到死后要和别的尸体堆在一起，我就害怕。”

心怀恐惧的不仅是埃斯特尔。一个女人打来电话，问我们是不是像挂牛肉似的把遗体吊在挂肉钩上。还有一位先生气急败坏地指责我们，说海葬不应该收费，因为海葬“就是把骨灰和海盐混在一起冲进马桶”。

他们的话令我伤心不已，包括那些冲我嚷嚷的人。天哪，你们就是这么想的？你们真觉得自己死后，我会把你们吊在挂肉钩上，再和其他尸体一起丢入火堆，最后冲进马桶？

他们的恐惧让我想起八岁的自己，那时我坚信不停地往衣服上吐口水就能让我妈免于一死。我决定坦诚相待，不管谁问我什么问题，我都给出直截了当的回答。如果有人问我遗骨是怎么变成粉末的，我就回答“用一种叫骨灰研磨机的机器”；如果有人问火化前自己的遗体会不会腐烂，我就告诉他，“瞧，你一断气，细菌就会让你从内而外开始腐烂，但冷藏间可以减缓腐烂的速度”。我越诚实，他们就越满意，而且心存感激。

火化见证也能解决许多问题，虽然这会让我犯心脏病。人们对整个过程看得一清二楚——他们看得见遗体，看得见遗体单独进入火化炉，还能亲自按下按钮点火，象征性地参与其中。也许火化炉就是个张开大嘴吃掉你死去母亲的机器，按按钮却让你觉得自己是仪式的一部分。

我有一股越来越强烈的冲动，想改变公众对死亡和殡葬业的看法。湾区有一群令人钦佩的女性正在致力于这种改变。她们在死者家中操办葬礼，称自己为“死亡接生婆”或“死亡助产士”。虽然没有接受过训练，也没有殡葬业从业许可证，但她们认为自己是新世纪传统习俗的继承者。以前，逝者的遗体均由家人打理。

之前提到过，美国内战开始前，临终和死亡全部在家中进行。人们会说“家就是逝者所在的地方”（这话人家没说过，是我编的，不过那时的人们很可能这么说）。既然遗体属于家务事，责任就落到了女人身上。女人烤馅饼、洗衣服，还要擦尸体。

许多方面表明，女人天生就是死亡的伴侣。每次女人分娩，新生命与死亡会同时降临于世。萨缪尔·贝克特写道，女人“跨在坟墓上产子”。大自然母亲果然是名副其实的母亲，让造物和毁灭不断循环往复。

如果你家的女眷不愿给遗体洁身和穿衣，那你就得雇一个“穿衣工”。十九世纪早期，从事这项工作的几乎全是女性。这个职业从英国传入美洲殖民地，已经有很长一段历史了。接生婆负责给新生儿接生，穿衣工负责给逝者穿衣——女人把新生命带到这个世上，还要把他送走。

西风火葬场的大多数客户没有意识到，照料遗体的权利在他们手上，想怎么做都行。不一定非要把老爸交给殡仪馆不可，也用不着请死亡助产士。不管怎么说，遗体属于他们自己所有。这是加利福尼亚州赋予人的法定权利，而且遗体远没有现代殡葬业说的那么不堪。对穆斯林而言，在称为“大净”的净礼仪式中给逝者洁身和穿衣，属于“功德无量”的行为。主持“大净”的人由逝者生前指定，男人清洁男人，女人清洁女人。此乃当之无愧的荣誉，被选中之人应完成这项神圣的使命。

几百年前，人们对细菌和病毒还不甚了解，认为霍乱和黑死病等疾病的暴发都源于死尸散发出的“不良气体”，因此大城市的人习惯将死人埋在城外。尸体的确难看，也不好闻，但对活人构不成威胁——尸体腐烂滋生的细菌和引发疾病的细菌是两回事。

在遇见“刺青狂人”杰里米和他妹妹几周之前，一个名叫中泽的年轻女子来到西风火葬场，她的母亲刚刚在家中过世。她本想让遗体在家里多留几个小时，好和母亲做最后的道别，却告诉我们：“警察让我立刻通知你们过去，他说我妈妈患有糖尿病，放久了对我们的健康有害。”

“抱歉女士，他跟你说什么？”我惊讶得下巴都要掉了。

“他说应该尽快让殡仪馆的人把她带走，不然我们都会得病。”

我来概括一下：一个警察认为死者家属会从死者身上感染糖尿病。他就差告诉死者家属坐便器能传染艾滋病了。暂且不论一个人从别人（还是个死人）身上“感染”糖尿病的说法是多么荒谬，大多数病毒和细菌，即使是可以引发疾病的那种，也只能在尸体中存活几个小时。少数病毒存活的时间较长（比如艾滋病病毒可以存活十六天），但不比在活人体内厉害多少。坐飞机远比和尸体共处一室危险。

中泽小姐之前联系了另一家殡仪馆，那里的人告诉她，遗体告别前必须先做防腐处理。“我们不想防腐，”她解释道，“妈妈是佛教徒，肯定不愿意这样。但工作人员说出于健康考虑，我们别无选择。”

好极了，一天之内有两个“专业人士”对这个女人说，她的妈妈是颗极度危险的定时炸弹，全家人都面临感染致命疾病的风险。防腐师给尸体防腐，为的是让尸体看起来顺眼。他们认为这才是“正确”“体面”的做法，有助于告别仪式顺利进行，而且还能赚钱，并非因为防腐前尸体内的微生物会威胁到死者家属健康。既然我们现在深入掌握了病毒知识，了解了死亡背后的科学原因，警察和殡葬业的从业人员就没有理由说出“死者对生者有害”这种话。

那些本应对此一清二楚的人都把迷信当了真，以至于中泽没能陪在母亲身边，“挨过那股悲伤劲儿”——借用一个朋友的话说。这成了她一辈子的遗憾。尸体不需要你惦记，事实上它什么都不需要——能躺在土里默默烂掉就很让人欣慰了。需要尸体的是你。只有看到尸体，你才知道这个人死了，退出了生命的游戏；只有看到尸体，你才能看清自己，知道自己也有那一天。所见才能有所悟，这就是智慧的开端。

在印度尼西亚的爪哇岛，如果有人死了，镇上每个人都有义务参加他的葬礼。遗体一丝不挂，只有一块布从下巴兜到头顶，用来合拢下颚，双臂交叉放在胸前。死者的近亲负责清洁遗体，他们让遗体侧坐在自己腿上。通过这样的姿势，水也能洒在他们这些活人身上。人类学家克利福德·格尔茨指出，怀抱遗体的意义在于“being tegel——即使内心不情愿，充满畏惧，仍然坚持这种无意义的可憎行径，不敢有退缩之意”。哀悼者进行这种仪式，是为了达到一种“不在乎”的状态，走出丧亲之痛。生者把死者的遗体抱入怀中清洗，从而直面内心的不安，“解放自己的心灵”。

杰里米的妹妹还没意识到，这也是她想要的圆满结局。最后，她终于相信我们没有偷偷烧掉她的哥哥，便离开了西风火葬场。我走进准备室，站在杰里米的尸体旁。每个文身都讲述了一个故事，我思索着，强迫自己不去回想刚入职的那几个月，生怕尸体突然伸手抓住我，让我永世不得超生。我深思的当然不是因为操作失误弄坏杰里米的遗体，也不是文身的含义，而是人们对他的看法，把他当成肮脏的罪犯品头论足。

虽然他曾经是个罪犯，但他也是美丽的生灵。我没有在评判谁，只是洗干净杰里米的身体，给他穿上褶边礼服衬衫和灰蓝色的涤纶西装。洗他的胳膊时，我突然停了下来：此刻的我很自在。我想让人们知道，他们清洗遗体时也可以很自在。只要这个社会不再有偏见，每个人就都能体会到这种自在。

在西风火葬场工作了十个月后，我意识到死亡是我一生的事业。我想教人们像老祖宗那样打理自家人的遗体，亲手清洁他们的遗体，牢牢掌控自己的恐惧。我现在面临几个选择。第一个选择，打包行李趁夜逃走，离开火葬场，加入“死亡助产士”的行列。但这样一来，不论应得与否，我就不再是殡葬业的一员，会失去工作的稳定性和合法性。我不介意远离殡葬业过度商业化的行为和暴利，问题是一般说来，那些“助产士”远比我热衷于……嗯……精神探索。我并不反对圣膏、香氛和死亡脉轮，也很敬重那些女士，但我不想把死亡当作一种“转变”，因为死就是死，完了，嗝屁了。嗯，我就是这么世俗。

第二个选择，上殡葬学校。但这就意味着我会在这一行越陷越深，什么恶心学什么。

“你用不着去殡葬学校，凯特琳。”麦克跟我说，“你干吗自己找罪受呢？”

麦克没念过殡葬学校，这就是加利福尼亚州的福利——没上过专业课，也能获得葬礼承办人的职业资格。你只要有学历（哪怕是编花篮专业的学士学位），无犯罪记录，通过一次考试，就可以入行了。

既然我决定听从心灵的召唤，成为一名职业殡葬师，我就要知道一切，了解一切。我要么生活在边缘，要么重返校园，再拿一个学位。我要学习如何防腐，看看他们都教些什么。虽然“死亡助产士”的工作令我着迷，但我不想永远当一个局外人，我想成为业内人士。我决定申请殡葬学校，以防万一。

第十四章 独自上阵

某一年的十一月，麦克携妻带子外出度假垂钓，一走就是两周，让我一个人——惊慌失措的我——管理火葬场。更糟糕的是，麦克把火化见证安排在周一早上。没有他在，我就只能自己完成这项令人畏惧的工作。

“看在上帝的分儿上，麦克，赶紧把所有的步骤告诉我一遍。再说点儿好听的，我急需鼓励。”我恳求道。

麦克采取了另一种策略：“别担心，伙计，那家人很好，来自新西兰，要不就是澳大利亚？不管是哪儿的人吧，死者的儿子很酷，应该不是同性恋。他喜欢《六英尺下》，瞧，你有机会了。周一打扮得漂亮点儿，他马上就要继承差不多二十套房产。我在给你牵线搭桥呢。”

简·奥斯汀的小说都是这么开头的，只不过这次这位“达西先生”来自澳大利亚的珀斯，是个正在经历丧母之痛的 HBO 影迷，“伊丽莎白”是一名初出茅庐的火葬论者。

火化见证的过程中，任何灾难都有可能发生。就在几周前，把尸体送进火化炉的传送带时出现电路故障，间歇性短路导致传送带走走停停。如果操作间只有我一个人，那根本不叫事儿。我会快速助跑，然后飞身一跃，把纸箱撞进火化炉，问题迎刃而解。但如果传送带在火化见证时停下来，就没法这么干了。

我演练过，假如最糟糕的情况出现，我会说：“噢，是的，传送带每到这里就会停下。这时，我就要飞奔穿过火化间，朝着装有你母亲的纸箱使劲儿一撞，让她‘嗖’的一下飞进火化炉里。这是常见程序，先生，不用担心。”

火化见证的头天晚上，我做了一夜的噩梦。不仅梦见传送带一动不动，还梦见尸体正要进炉时，机器突然熄火了。这种情况从未发生过，但理论上是有这种可能的——考虑到我这个人一向没什么好运气，估计这次在劫难逃了。

令我噩梦频发的原因（除了撮合我和死者的儿子）还有麦克丢下一句“小心，她看起来不太好”就走了。一大家子人特意从新西兰（或者澳大利亚）赶过来，你就告诉我死者“看起来不太好”，这到底是什么意思？

周一早上，我才明白麦克的意思。这位母亲的双颊有几处腐烂，呈现出奇怪的亮橘色，鼻子上还有一块硬邦邦的棕色结痂。她的脸肿得厉害，皮肤倒很光滑，像颗熟透了的桃子。人活着的时候，肤色一般分为奶油色、米色、浅褐色、棕色，无趣得很，腐烂后却变得五彩斑斓，鲜艳极了。这个女人的皮肤碰巧是橘色。

我立刻开工给她化妆。我把西风火葬场化妆箱里的东西用了个遍——里面一半是殡葬专用化妆品，一半是从街边药房买来的。我给她梳了一个精致的发型，试图将人们的注意力从腐烂上转移过来。我在她的脸部周围铺了一块布，大小（和颜色）与篮球差不多。这样做很讨巧，当她躺在悼念室玫瑰色的灯光下时，看起来好多了。

“没之前那么糟了，凯特，干得不错。”克里斯安慰我道，“她看起来……病恹恹的。”

“谢谢，克里斯。”

“瞧，我现在要去沙特克的疗养院收殓克莱蒙先生。他们不愿让尸体多待一分钟，已经打来三次电话了。”

“克里斯，见证仪式马上要开始了。你一走，这里就剩我一个人了！”

“我知道，我知道。我也不同意麦克的做法，把你一个人丢在这儿。他认为事事都很容易，但你需要有人帮一把。”

克里斯说得没错，但我那“不用，我能搞定！”的老毛病又犯了。比起关键时刻掉链子的传送带和橘色皮肤这些倒霉事，我更怕自己看起来软弱无能。

“快去吧，克里斯。我没问题，肯定能搞定。”

克里斯走后没多久，死者的儿子（八婆麦克给我挑的金龟婿）出现了，他身后还跟着十名家属。我带领他们来到悼念室，站在遗体周围。“现在，你们可以和她独处一段时间。时间很充裕，慢慢来。”说完，我毕恭毕敬地走了出去。

门刚一关上，我就立刻把耳朵凑过去，焦急地想知道他们的反应。死者的儿子开口说的第一句话就在强调：“还是以前看上去好，妈妈以前比化妆后的这副样子好看多了。”

我的第一反应是推门而入，大声反驳：“老兄，你是说她腐烂的那副样子不赖？”但我很快就意识到，这不是与客户沟通的最佳方式。我冷静下来，不去在意自己的手艺遭受到的侮辱。我想和他谈谈，告诉他我也不认同行业里这种粉饰遗体的情结，我也觉得越自然越好，但如果他见过母亲之前的模样，或许能够理解化妆的重要性。然后我想让他说明，他说的“以前看上去好”指的是什么时候。“以前”他母亲活着的时候？那还说得通。或是与母亲的最后一面，她的脸还没变成橙色交通锥的时候？这样的话，那我只能说他是那些看到腐烂状态的尸体时，仍能面不改色心不跳的少数人之一。从这个角度来看，麦克说得对，我的真命天子也许就是他。但不管怎样，这些话我都不会对他说。我很肯定我俩注定成不了一对儿，即使刚才见面时彼此的印象都不错。

这家人悼念了女族长好一会儿，才同意我火化。之前我待在小教堂时，就注意到遗体旁在不断冒烟。原来他们点燃了好几束鼠尾草，卡在遗体身下的布单褶皱里。通常我们不允许悼念室里出现明火，但既然麦克不在，女族长又是那副尊容，我也就默许了。

熏香的同时，这家人把一根杏仁咖啡口味的哈根达斯雪糕塞入她的手中，就像往维京人怀里塞武器似的。我也爱吃这个口味的冰激凌，于是脱口而出："我也爱吃这个味儿的！"

在此之前，我成功管住了自己的嘴巴（他们质疑我的遗体美容水平时，我都没有作声），但一看到冰激凌，我就彻底无法保持沉默了。感谢上帝，他们只是放声大笑。杏仁咖啡味雪糕也是女族长的最爱。

既然克里斯出去收殓克莱蒙先生，我就只能自己把"母亲"转移到火化间了。我做的第一件事就是狠狠地把轮床撞在了门框上，一股浓烟从鼠尾草中冒出来。我记不太清当时说了什么（只记得自己有多丢人），可能是“哎呀！”“第一道门最难！”之类的话。

我顺利地把“母亲”抬到传送带上。令人欣慰的是，传送带运转正常，径直将“母亲”送进火化炉。我请她的儿子按下点火按钮。和其他人一样，按钮的仪式力量令他折服。熏香和雪糕表明这家人对葬礼并不陌生。这一刻，他似乎忘却了撞上门框的轮床和夸张的遗容妆面（但也没感动到和我约会）。

麦克度假这段时间，我一共火化了二十七个成年人、六个婴儿和两个躯干。其中有三个火化见证仪式，没出一点儿差错。

麦克回来后的第一个早上，看了看文件，抬眼对我说：“我真以你为荣。”

我差点儿哭出来，觉得自己干成了一件了不起的大事，完全不是在火葬场过家家的那个女孩了。我不再浅薄无知，我是火葬场的运营人员，懂得如何胜任这份工作，这门技能我已经驾轻就熟了。

如果麦克总是夸我院子扫得干净，夸我能在五点下班前烧完五个婴儿，像我希望的那样满足我的虚荣心，我绝不会像现在这么能干。我要向他证明自己，所以我成功了。

“伙计，你比我们曾经雇用过的百分之九十五的员工都厉害。”麦克继续说道。

“等等，那些比我还努力的百分之五是谁？”我眯起眼睛，“你最好只是这么一说。”

“我们通常只能招到没有工作经验的人，不然就是些头脑简单的搬运工，毕竟咱们这行有些恶心。”

“而且工资不高。”我补充道。

“是的，”麦克咧嘴一笑，“确实不高。我们把你骗来了。”

我那得到麦克肯定的激动心情很快就转变为了内疚。我申请了殡葬学校，并收到了录取通知书。

虽然拿到了录取通知，但我可以不去。当时是二〇〇八年年底，经济危机才刚开始，只有傻瓜才会辞职，哪怕是辞去火葬场火化工这种奇怪的工作。我在旧金山的生活依旧平淡、孤独，而塞普莱斯殡葬学院（加利福尼亚州仅有的两所殡葬学校之一）位于洛杉矶南部郊区的橘郡，《真正的家庭主妇》就是在那里拍摄的，那儿也是迪士尼乐园所在地。我不打算当一名防腐师，虽然防腐是塞普莱斯殡葬学院这种学校的主要课程，因为我首先想知道这个国家的殡葬学术机构在教些什么。我想知道到底哪里出了问题：是这个行业的从业人员，还是这些人的老师，抑或是行业本身？

虽然我不想承认，但我还考虑到卢克，他已经在南加州定居几年了。大学毕业时，我们计划一起搬到洛杉矶，租一间公寓，过上艺术家般的生活，身无分文但内心充实。我没有遵守诺言，反而来到北加州的旧金山，跟随内心展开对死亡的追求。这种做法在当时看来很自私，但现在不一样了。我认清了自己，也认清了生活的目标，做好了与他一起生活的准备。

“这么说，凯特琳，你要搬到洛杉矶了？这次是真的喽？”卢克怀疑地说。

“别想得太美，兄弟。本来我没打算去洛杉矶，但我真得离这些尸体远一些。你看过《教堂大爆炸》这本书吗？

“我厌倦了在死人中徘徊……在这里，一切都是尸体的味道。我想重返生者的世界，那里起码还有信仰。”

他大笑起来，说：“一切都是尸体的味道，是吗？你想用这个比喻说明什么？火葬场都是尸体做的？”

“是的，但是不太容易用这些尸体当地基。”我解释道。

“我以为死人都是硬邦邦的。”

“你这么说没错，一开始还好，可一旦开始腐烂，地基就不稳了。很难预测会发生什么，你明白吗？”

“凯特琳，我觉得你应该趁那些尸体轰然倒塌之前离开。”

卢克的一番话让我下定决心，我准备冬天就搬过去。

一周后，我把要离职的消息告诉了麦克。麦克板着一张扑克脸，说道：“好吧，如果这就是你的决定的话。”

相比之下，克里斯的态度更明确，他不想让我走。我们有很多共同的回忆，比如我们一起把倒在血泊中的囤积狂老人抬走。她躺在厨房的地板上，橱柜上到处都是没盖盖儿的花生酱和能益多巧克力酱，里面爬满了蟑螂。我俩的许多经历都不堪回首，但不管怎么说，这都是我们共同拥有的回忆。

眼看我就要离职，他们把招聘广告发到网上，准备招人来填补我的空缺。应聘者纷纷投来简历，看来就业市场不太景气，人们连殡仪馆的工作都不放过。

求职的人不少，但像样的不多。有一封求职信里写着：“你可以信任我，因为我是穆斯林，不做骗人的勾当。如果地板上有一张百元钞票，我捡都不会捡。有奖励，我才有动机：如果一天跑三英里，我能得到什么？”

另外，许多人的求职信里充斥着拼写／术语／语法错误：“目标：获得在太平间领域的经验和机会。”

等到让候选人填写额外问卷时，好戏才开始。我觉得问卷有些形式化，都是“如果你是一棵树，你想成为哪一种树？”这样的问题，但没办法，他们得区分玻璃和钻石。

问：请用三百个字说明你为何愿意在殡仪馆工作。

答：我热爱死亡。

问：请问，你是否知道或曾参与过任何与死亡有关的宗教／精神仪式？请描述。

答：我玩过占卜板。

问：你是否能在不带有个人情感的情况下同情他人？请举例说明。

答：我杀过不少人。

问：你是否能够灵活地完成工作任务、履行职责？

答：当然，这还用说吗？

撇开候选人的资质不说，麦克最终录用了杰瑞——一个英俊、高大的非裔美国人。讽刺的是，杰瑞以前当过搬运工，麦克几周前还喋喋不休地宣称绝不雇用“头脑简单”的搬家工人。我猜，当麦克只有那些“玩过占卜板”的候选人可挑时，想不改变主意都难。

我离开西风火葬场前的一周，克里斯那辆破破烂烂的白色货车被送到了修理店。克里斯的爱车在我嘴里成了“破车”，这下麻烦了。“破车？年轻人，不要这么侮辱她，她跟我二十年了。”克里斯说道，“她就是我的白鲸，一头撞翻冒失鬼的野兽。”

我把克里斯送到他父母家。那所房子在伯克利山上，他们自二十世纪五十年代就住在那儿了。“凯特，我要给你看样东西。”克里斯带我来到前院中间的一棵树下。那是一棵加州红木，大概五十英尺高，树干约二十英尺粗。

“我很早就没了妈妈，所以经常和祖母住在一起。我妈妈死后，祖母给了我一片红木叶子，让我埋在土里，说有朝一日它能长成一棵大树。我当时觉得有些可笑，但还是把树叶埋在装咖啡豆的桶里，每天早上浇三杯水。看，它长得多高。”说着，克里斯怜爱地拍了拍树干，“这是我的树。如果你问我这辈子最大的成就是什么——瞧瞧，就在你眼前。”他继续说道，“当然，它现在的个头儿不小，树根马上就要伸进邻居家的车道下面了。他们早晚得叫人把入侵自家地盘的东西处理掉，这样的话，整棵树也活不成。树根一烂，树就倒了。有时，我做噩梦会梦见这一幕。”

这也太伤感了吧。

出人意料的是，西风火葬场的员工为我举行了告别派对。每个人都来了，包括克里斯。虽然他对派对没兴趣，而且提前回了家，但他临走时交给我一个礼品袋，上面挂满了彩色气球。打开一看，里面只有一个干巴巴的椰子。

“这个是……椰子吗？谢了，克里斯。”

“一九七四年，我住在夏威夷，一个朋友把这个椰子扔进我那辆橘色福特斑马的后座，告诉我：‘这是个很重要的椰子，你留着吧，不管去哪儿都要带上。’我照他说的做了。现在，我把它送给你。”

克里斯把三十五年前得到的一个寓意深刻的椰子装进礼品袋里送给了我。我颇为感动，给了他一个尴尬的拥抱。

“再见，凯特。”说完，他走了出去。

那天晚上，我喝得有点儿多，麦克和布鲁斯跟我聊起了工作（我们几个除了工作之外没什么可说的）。平时，我们只是聊聊混账的竞争对手或者上周碰到的棘手问题，但这次不一样，我们聊的是与存在主义相关的东西，我早就想谈这些了。

布鲁斯给我们讲了他十年前接手的一个葬礼。客户是一位孕妇，死去的是她的宝宝。“她走进来时，我说道：‘我为您的孩子感到遗憾，但幸运的是您已经怀孕了，马上能有另一个宝宝陪在您身边。’然而，我没想到死去的宝宝正是她怀着的宝宝。孩子已经八个月了，是个死胎，医生没办法取出来。她就坐在我跟前，肚子里有个死去的宝宝，我真不知该怎么办，全都乱套了。这么多年，我一直没有忘记。伙计，我现在还记着呢。这就是我们这行有这么多酒鬼和瘾君子的原因，不然没法忘记这些事。”

麦克把头靠在墙上，没有直视我。仿佛极其需要一个答案似的，他诚恳地问我：“有时，你也会难过吧？”

“这个，我……”

“当那些家属悲伤得不知如何是好，你却无能为力的时候？”

我想我看到了他眼中的泪光，当时天很黑，我不确定是不是看清了。麦克归根结底是个有血有肉的人——另一个在陌生、隐秘的死亡世界里挣扎的灵魂，竭尽全力做好自己的工作，只为理解死亡的意义。

我曾经发了疯似的想和别人谈论这些，此时却只嘟囔出一句：“我想是吧，一切只能如此，不是吗？”

“是啊，当然。祝你在洛杉矶一切顺利。”麦克说。

就这样，我在西风火葬场的工作结束了。

第十五章 红木林

我在隆德尔大街的最后一晚，我们的房东（一个激进的菲律宾裔素食天主教徒，住在我们楼上）起夜时看到两名男子跌跌撞撞地走出“良宵”酒吧，毫不留情地报了警。那两个人往墙上撒完尿，坐在我们公寓的门廊上抽烟，然后彼此乱摸起来，忘情地用西班牙语呢喃着。

低语随后变成了尖叫：“你为什么不爱我？”接着传来一阵毒打声，再不报警就要出人命了。

这一晚比电视剧还要狗血。第二天一早，我开着一辆租来的小货车离开了隆德尔大街。车上装着我的所有家当，还有我的宠物猫和宠物蟒。往南行驶了六个小时之后，我们这群乌合之众顺利从旧金山抵达洛杉矶。

卢克说我在找到房子之前可以先和他住在一起，但我没法与他共处一室，因为我必须强烈地克制自己，不能暴露出对他的心意，这样太痛苦了。为了避免我们的友谊受损，我拒绝了他的提议，很快就在韩国城安顿了下来。有几个人提醒我，说韩国城“不安全”，但在隆德尔大街住过后，我发现这里就是天堂。我可以放心地走在街上，没有暴露狂在我的车子后面大便，也没有穿着太空小丑服装的女人把水管当烟管。卡达利那大街偶尔会发生几起小型毒品交易或者帮派冲突，但比起隆德尔大街，这里纯洁得就像块绿洲。

到洛杉矶之后，我开始潜心钻研死亡与文化——我研究的不仅是死亡如何影响我们的行为，还有死亡为何会造成这些影响。死亡是一种实践，我坚定地跟随它的召唤。要是在以前，我那玩世不恭的态度肯定不适合这个行业。但我的目标很明确，这足够令我兴奋不已。

兴奋过后，低落的情绪随之而来。我如此相信死亡仪式的重要性，以至于生怕这是自己心理病态的表现。更糟的是，我害怕被孤立——除了我这个“教主”之外，目前还没人和我一样信奉尸体。如果只有教主一个人狂热地信奉自己的教派，那他也就是个留着山羊胡的疯汉而已。

但是，我有卢克。他是我的温柔乡，每当我挣脱死亡的束缚，都能在他那里找到爱的抚慰。当然，也许是我自作多情了。

我终于和卢克住在了同一个城市，但有些话还是没法对他说出口——想说的太多了。有一天，我实在忍无可忍，就给他写了一封信，告诉他我多么需要他，告诉他在这个一不小心就会把我推向绝望的世界里，全靠他的支持，我才能坚持到现在。这封信一半冒着傻气，一半充斥着虚无，跟我俩挺配。我琢磨到，卢克和我一样，也是一半傻里傻气，一半信奉虚无。我在半夜把这封信塞进了卢克的信箱。我当时特别肯定，卢克早就知道我会这么干，他的反应一定和我的表白一样热烈。

结果——石沉大海。

几天之后，我收到卢克发来的一封电子邮件，上面只有一句话：

别说了，我不能再见你。

理论上，卢克还生活在地球上的某个角落，但我俩的关系、我所珍重的友谊就这样在我眼前灰飞烟灭了。和死亡没什么区别，一样令我心痛。很快，我的老毛病就犯了，脑海中不停地有声音回响，有些部分和我儿时听到的差不多：“世界上饿死的人还少吗？那才是真正的死亡。这个男人只是不喜欢你，明白吗，傻姑娘？”接着，新内容出现了：“你以为自己能逃走，对吗？不，你躲不了。你属于死亡，没有谁的爱情能与死亡相比。在这里，一切都是尸体的味道。”

我在十一月底结束了西风火葬场的工作，但是学校来年一月才开学，中间这段空闲时间搞得我有些迷茫。我驾车来到遥远的加利福尼亚州北部，在巨大的红木林中徒步旅行，试图忘记卢克。我用轻松的语言给朋友们（还有我妈）写了封邮件，详细说明如果我从蜿蜒的山路掉下去摔死，他们应该如何处理我的尸体（和我的猫）。

我住进红木旅馆——一个位于北加州海岸的老屋。第二天，我准备沿着大教堂森林小径徒步。几年前我去过一次，这回却怎么也找不到路了。我沿着高速路来回穿行，始终没找到入口。我的挫败感瞬间化为愤怒，我一脚踩下油门，全速向悬崖冲去，最后一刻才掉转方向，险些摔下悬崖。我把车停在悬崖边上，大口喘着粗气。我对自己的愤怒感到震惊，我不是容易情绪失控的人，更没想过开车冲下悬崖。

平静之后，我向公园护林员问路，他领我来到大教堂森林小径的岔道口。我穿行在高大、神圣的树林中，除我之外再无他人。这些树枝繁叶茂，有些甚至活了上千年。往山下走时，我几乎能察觉到它们古老的智慧。直到下山之后，我才发觉这里应该是我的葬身之地。我并非有意为之，但我写了一封类似遗书的邮件，告诉家人和朋友如何处理我的尸体，背包里还装着遗物。而且，就在二十分钟前，我还气急败坏地想冲下悬崖，因为自己可耻地迷了路。我在人世间的最后一天就这样糟蹋了。

我真觉得自己被骗了。文化存在的目的是解答意义重大的人类问题：爱情与死亡。当我还是小女孩时，我的文化对我许下了两个诺言。第一诺言是，这个社会做的事都是为了我们好，所谓对我们好就是把死亡藏起来。西风火葬场打破了这个诺言，我在西风火葬场大肆粉饰死亡时察觉到，我们的社会结构性地否认死亡，我很难停下来不去思考。我想让我的大脑静一静，不再无休止地纠结死亡的原因和方式。我觉得自己和印度神话里的国王满估军荼很像，满估军荼常年和恶魔（请按字面意思理解）作战。当神灵问他想要何种奖励时，他说自己只希望能长眠不醒。对我而言，死亡和永世长眠差不多，正合我意。

流行文化许下的第二个诺言是，女孩子将获得真爱。我不觉得自己符合流行文化制造出来的刻板印象（剧透：其实我是），反而认为我和卢克之间存在的是一种理性的、热烈的关系。但不知为何，我大错特错。两个诺言全部破灭，我的“意义之网”也土崩瓦解，曾经的世界观再也派不上用场。

似乎过了好几个小时，还是一个人影都没见到。这是一条很受欢迎的徒步线路，今天却一个人也没有。于是，我坐下来，仔细考虑是否要进入森林。如果我进去了，就等于追随保罗·高更的脚步——他曾试图在塔希提的深山里服用砒霜自杀。那时，他刚刚完成伟大的《我们从哪里来？我们是谁？我们到哪里去？》。高更不希望自己的尸体被人发现，能让蚂蚁吃掉最好。狂躁中，他吞食了过量砒霜，结果身体产生了排斥反应，他把砒霜全都吐了出来。醒来后的高更走出大山，又多活了六年。

和高更一样，我也想让动物吃掉我的尸体，毕竟尸体和残骸只有一线之差。我和红木林里的其他物种一样，都是动物。没听说过鹿死后也需要防腐，再配上棺材和石碑等。它是自由的，想死在哪里都成。我一生都在食用其他动物，我也想把自己奉献给它们，大自然终于给了我一个机会。

马蝇在十英里之外就能闻到尸体的味道，第一个赶来赴宴的便是它们。马蝇在我的尸体上产卵，一天之内就能孵化出蛆虫。新生的肉蛆径直钻入我的体内，嘴巴一边进食一边呼吸，一点儿没有被我的腐烂组织妨碍到，自然造物果真奇妙。

如果你对其他更尊贵的来宾感兴趣，请让我向你介绍美国的象征——秃鹰。秃鹰生来就是清道夫，不会放过任何饕餮腐肉的机会。它们用锐利的喙撕下我的肉，叼在嘴里飞向天空。

我的尸体也会招来林子里的黑熊。黑熊是杂食性动物，虽然偏好鱼和年幼的麋鹿，但也不介意食用腐尸，比如我。

其他动物享用完我的尸体，皮蠹才最后登场。这种毫不起眼的甲虫喜欢吃羊毛、羽毛、毛皮，说到我的话，它们还吃我的干皮和毛发。

如此一来，腐烂的过程造就了一场盛宴。我的尸体将不再是一摊令人作呕的腐肉，而是生命的源泉，分解后创造了新的生命。我是生态系统中一个小小的齿轮，是伟大的自然造物中一个短暂的存在，这就是我最珍贵的价值。

我们都知道这个故事的结尾。我害怕活着，但我选择不去死。

我在西风火葬场工作时很孤独，但就像克里斯把一个三十五年的椰子当作支柱，我的精神支柱是友情。我的朋友既不在旧金山，也不在洛杉矶，但他们就在那儿，和我爸妈一样深深地爱着我。那时，我还不太清楚自己人生的价值，但我知道我不想让他们重蹈我的覆辙。曾经的我对死亡似懂非懂，只能徒劳地猜测那个购物中心的小女孩究竟怎么了。

我走出森林，在拐角处见到一大片野花，我从未想到花的颜色能如此鲜艳。

走回停车场后，我仍沉浸在思绪中，一不小心撞到了一个女人，这可是我几个小时以来遇上的第一个人。她向我问路。“以前都是我丈夫带路。”她有些抱歉地说，“他去年去世了，有时我真不知该拿自己怎么办。”

我们两个人聊了一会儿，关于死亡、火化，以及我们所处的消极对待死亡的文化。在她的要求下，我描述了她丈夫在火葬场要经历的一切。“能知道这些，我心里痛快多了。”她冲我一笑，“我说不清为什么，但我确实觉得心里比以前舒服。很高兴能遇到你。”

停车场里除了我的车，只有一辆破旧不堪的货车，装满了罐头食品和补给。车主是个圆滚滚的女人，正在旁边的草坪上遛一只博美。

“你的狗真可爱。”我钻进车时说道。

“你觉得这就叫可爱，是吗？”她粗声粗气地说道。

她走到货车边，拿出两只博美宝宝塞到我手里。一只金色，一只黑色，像两个浑圆的小毛球。

那天晚上，我回到红木旅馆，一天的旅途让我身心疲惫，脸上还带着小狗崽儿舔过后留下的口水。门廊前站着高大俊朗的凯西—— 一个十九岁的男孩，从加拿大一路搭便车来到美国西海岸。

两天后，他出现在我租的韩国城的公寓里，躺在我身边。他年轻、单纯，足以抚平我脑中的胡思乱想。

“要是现在有一大盘通心粉或别的什么东西，我肯定吃得一干二净。”他若有所思地说。

“是吗？那就如你所愿。”

“说真的，这太疯狂了，不是吗？我可从没想到能跟你这样的美女有一段艳遇。”

告诉你吧，凯西，任何事都会发生，一切皆有可能。

第十六章 死亡学校

塞普莱斯殡葬学院开学前一周，我接连注射了破伤风和肺结核疫苗，胳膊都要被扎烂了——这属于入学体检的一部分。我很快就病倒了，但医生觉得没什么大不了。“你的淋巴结没肿。”他说道。好吧，谢谢你的专业诊断，医生，反正学生证照片上的那个“沼泽怪”又不是你。

所有这些疾病检测和免疫接种令我措手不及。西风火葬场从来不关心我会不会把梅毒传染给尸体，或者由尸体传染给我。麦克唯一一次建议我穿戴上橡胶手套以外的生化防护用品，是怕我弄脏裙子。他很少在这方面体现细心，真的。

开学第一天，我早早出发，往南驶向橘郡，差不多四十五分钟的路程。我没想到学校停车场里也会堵车，结果迟到了五分钟。我冲进教室，正赶上系主任强调任何原因的迟到一律按旷课处理。

“你知不知道这个时候应该在哪儿？”我刚一进门，他就问道。

“嗯……当然，这个时候我应该在教室。”我回答道，然后灰溜溜地走到教室后面坐下。

几周前，学校给新生组织了一次迎新活动。我没参加，而是跑到红木林里任由自己胡思乱想。所以，这是我第一次见到同学，未来的十八周，我将和他们一同度过。我环顾了一下教室，惊讶地发现大多数同学都是女的，还都是有色人种。我打过交道的殡葬业人士都是西装革履、怪里怪气的白人男子，班里没有一个人是这副德行。

第一天快要结束时，我们来到一间大教室，二年级和三年级的学生也在里面。我们要做的是自我介绍，然后谈一谈为何要来这所极负盛名的死亡学校上学。我期待通过这次分享找到和自己志趣相投的死亡革命者，这年头没人会给出“我就是想帮助别人”这种俗气、做作的回答吧。

但我没那么好运，就连那些长着一双疯狂之眼、明摆着有恋尸癖的同学也说自己想帮助他人。终于轮到我发言时，我想象自己铿锵有力地说道：“一个崭新的黎明就在眼前，趁你们还有机会时加入我吧！”但实际上，我告诉大家，我曾在火葬场工作过，并看到了“殡葬业美好的前景”，然后分享就结束了。每个人都拿起自己的《圣诞夜惊魂》信使包，神思恍惚地走出教室。

我们这群新生大概有五十个人，我很快就和佩奥拉成了朋友，她是第一代哥伦比亚裔美国人。有一个名叫米歇尔·麦基的女同学，我没能有幸结识，她的昵称是“炸弹”。她的照片不久后铺天盖地地出现在各路媒体上，因为她插足了美国甜心桑德拉·布洛克和文身猛男杰西·詹姆斯，导致他们的婚姻破裂。这可是小报梦寐以求的偷腥丑闻，不到两周，米歇尔就退学了。不过，退学的原因也许是她满身文身，连脸上都有（一般家庭不会选择这种另类人士打理他们死去的亲人）。米歇尔是第一个离开的，之后陆续有人退学，流失率惊人。

关于塞普莱斯殡葬学院的教授，有一点显而易见——他们对自己的工作坚信不疑。迪亚兹教授是个个子不高的金发女人，应该是我这辈子见过的性格最开朗的人了。她极度热衷于防腐、棺材等所有现代殡葬业的产物，几乎是在威胁我们。课上，她把防腐描述为一种古老的艺术：“我们一定要给遗体做防腐吗？不一定，但我们也要做。我们就是干这个的。”

在一堂课上，迪亚兹教授给我们看了一段超长的幻灯片，全是不同种类的棺材，并且喋喋不休地告诉我们她买了一副贝茨维尔镶金棺材，内壁是森林绿色，价值两万五千美元，和歌手詹姆斯·布朗下葬时用的是同一型号。她还说在她死后，这副棺材将放置在她已经提前买下的地上墓穴里。她用各种修辞手法描绘自己的棺材，听得我一头雾水，感觉和我在西风火葬场见过的完全不是一回事。西风火葬场的棺材只有绸子做的枕头和疙疙瘩瘩的底垫。垫子里塞的都是绞碎的办公废纸，我给我家猫厕所里放的也是这些。

幻灯片的最后，有一张图片一闪而过，那是我迄今为止见过的最脏、烟灰最多的火化炉。佩奥拉在我旁边悄声说："为什么这个火化炉看起来像是大屠杀时用的？"

"我觉得这是一种委婉的警告。"我也悄声回答道。

"对对，就像'那么，还有谁选择火化而不是土葬呢？下来吧，地底下才是你的归宿，哇哈哈哈'。"

第二学期，我们开始学防腐，这是我最害怕的一门课。我见过无数次防腐处理，但丝毫没有兴趣自己动手。教防腐的老师戴一条用《圣经》压平整的领带，每次拿十字架祝福我们一番后才下课，他认为我们这群未来的防腐师将从事上帝的工作。

很明显，我这种人在"传统的"殡葬业没有一席之地。

我痛恨防腐，痛恨身上的连体生化防护服。学校强迫我们这么穿，而且只提供淡蓝色的个人防护用品（简称 PPE）。那颜色太丑了，以至于所有人的模样都介于对抗致命病毒的医护人员和超重的“蓝精灵”之间。除了这身行头（我承认关注这一点没什么意义），我还痛恨学校用洛杉矶郊区那些穷人和流浪者的遗体给我们练手。

虽然每年的情况都有所不同，但至少有八万无家可归的男人和女人生活在洛杉矶。在洛杉矶街头流浪的人，比纽约、芝加哥、旧金山的流浪汉的总和还多。从好莱坞大片首映礼地点开车十分钟，就到了名为“穷街”的下城区，那里到处都是住在帐篷里的流浪者，有男有女，很多都是精神失常的瘾君子。洛杉矶的贫富之差堪比大峡谷。

如果有明星死在洛杉矶，媒体将倾巢出动报道这个新闻。迈克尔 · 杰克逊的遗体由私人直升机运送至洛杉矶法医办公室，成千上万名悼念者和网民见证了他的葬礼。和中世纪的圣徒一样，杰克逊的遗体成为众人膜拜的神物。

但流浪汉的死就没这么风光了。他们的腐尸是这个城市的负担，政府必须出钱处理掉。我和这些尸体很熟，他们是防腐教具。

每周，塞普莱斯学院都会派一名志愿者去洛杉矶太平间取尸体，我们的牺牲品都堆放在一个特别的冷库里（竟然是个地下室）。管理员打开门，几百个外观相同的白色尸袋赫然出现在我们眼前，足足摞了五层高。殡葬师托马斯·林奇称他们为“比生命本身还壮观的精子”，因为医院和法医办公室总把袋口在遗体脚踝处收紧。这里简直是尸体之城、冷冻精子的死亡大都市。

死者在这个冷库里静静地等待着。几周很快变成了几个月。县里设法找人认领尸体，如果实在毫无线索，就由县里负责火化。一大早，当崭露头角的新星醉醺醺地离开好莱坞俱乐部时，尸体已经烧起来了。留下的遗灰放进骨灰盒里，贴好标签放在架子上。架子也越发有一种死亡都市之感，死者在上面等待的时间更长，直到海枯石烂、政府确认他们的确是无人认领的无名氏为止。

特别是在经济萧条时期，大城市中尸体无人认领的现象激增，这些死者并不都是流浪汉或没有家人的人。一个人可能很爱他的母亲，但如果他丧失了房产赎回权，汽车也被银行没收，母亲的遗体很快就从圣物变成了负担。

“常青墓园”是洛杉矶最古老的墓园，建立于一八七七年，洛杉矶前任市长、国会议员、电影明星等人物都长眠于此。每年，洛杉矶县政府的工人都会在一块长满枯草、看不清标记的地方挖坑，把两千多盒无人认领的骨灰一个接一个倒进去，厚厚的一层灰尘从坑里飘扬而起。他们埋上一层薄土，最后把写有安葬年份的牌子插在边上做标记。

参加上述这个毫无特色的仪式之前，有些尸体“幸运地”来到塞普莱斯学院，躺在操作台上供身穿防护服的“蓝精灵”围观。在实验室里首先学习动脉和静脉位置的我们不停尝试，不断失败。有的人割错了大腿位置，只是见怪不怪地嘀咕：“哎呀，股动脉应该在下面。”如果你第一次没成功，那就继续切，别怕。

防腐实验室的外面摆放了许多道奇公司（和道奇汽车无关）出版的行业杂志，用来推销他们生产的防腐和修复用品，杂志里写的都是使用那些产品的小贴士。

“要想紧致，就要填充！”

“干燥剂，带给你梦幻般的柔滑质地！”

有的产品用来给皮肤密封、补水、脱水、紧致、漂白，有的产品用于防止腐液外流，遮掩气味，避免尸体变成奇怪的橘色（刻骨铭心的记忆啊），还有卷发棒、腮红、润唇膏等产品。

我个人最喜欢《婴儿遗体的修饰选择》一文，作者是蒂姆·科里森，说白了就是给死婴化妆。文中配了三张图，分别为可爱的活宝宝、科里森先生自己和道奇公司的“修容喷枪高级套装”，暗示后者是给婴儿化妆的不二之选。

如果你跟我的想法一样，你的第一反应应该是“天哪，我觉得婴儿不需要化妆”。但科里森先生不这么认为，他觉得殡葬专业人士“让棺材里的宝宝看起来越自然越好”。

现在的殡葬学校不再告诉学生，防腐是为了让遗体看起来“栩栩如生”——“栩栩如生”意味着营造出起死回生的状态。如今，殡葬业选择“自然”一词，要求防腐师“让遗体回归人的自然形态”。

科里森先生认为，让婴儿看起来“自然”的第一步就是保存肉身，这一点非常值得讨论：“先使用普拉多克公司或阔码科技集团生产的保湿剂打底，再注入动脉修复化学制剂，同时混入足够剂量的其他试剂，就能达到所需的防腐效果。”

也许普拉多克公司和阔码科技集团可以提供必要的底妆，但新生儿柔软的头发是个障碍。最佳方法是先剃掉头发，但不要大意，“给婴儿理发应格外小心”。

还要注意的是，婴儿的毛孔比成年人小得多。如果你认为以石蜡油为主要成分的面霜既能给成年人用，也能给小孩用，那你就错了。这种面霜会让婴儿看起来像个蜡人，达不到“回归自然形态”的效果。

学校经常要求我们写论文时要访谈“殡葬业专业人士”，听听他们的意见和建议。我找的专业人士就是麦克和布鲁斯，和他们的谈话令我意识到，我不应该那么早离开西风火葬场，一年之后的我仍有很多问题需要向他们请教。当时的我竟然直接拍屁股走人了，实在不明智。

我最怀念他们实话实说。当我问布鲁斯人死后如果没有立即防腐会不会“坏掉”时，他狠狠地嘲笑了我（虽然他是个经验丰富的防腐师，以前也教过课），“人们把‘尸体坏掉’这件事说得太邪乎了。当然，如果操作室的温度高达一百一十华氏度，而且没安空调，就跟待在亚马孙热带雨林里似的，那你的确需要注意这个问题。不然的话，尸体不会立刻就开始腐烂。很多殡仪馆的人连这种常识都不知道，真是难以置信”。

我在殡葬学校时刻处于紧张状态，导致身体的毛病不断。如果你所从事的职业并不令你向往，你的身体机能就会“造反”。几个月之内，我接连经历了嗓子发炎、肌肉痉挛和口腔溃疡。弗兰肯斯坦博士在创造怪物时也是如此，“我手上的工作总令我心中不快”。对我而言，学校的环境充满压力，个人经济状况也是个问题。即使如此，如果有人让我不用上课也能通过防腐考试的话，我愿意拿我的全部积蓄当酬金。

当然，感受到学业压力的不光我一个。我们班有个女人总站在学校外面抽烟，拿烟的手不停地发抖。她经常在考试时放声大哭，防腐课上也哭了两次：一次她疯狂地用金属细管猛戳遗体的脚底，一次她正在给塑料模特烫头发。我给我的模特起名叫莫德，显然我这位同学还没和自己的模特熟络到起名的程度。

我越来越看重家庭殡仪馆这个概念，从未忘记自己要开一家殡仪馆的梦想。我的梦想不再是“美妙死亡”，而是“洛杉矶殡仪馆”。在“洛杉矶殡仪馆”，家属将夺回主导权，亲自给遗体清洁、穿衣，重新承担起照料逝者的任务，就像我们的祖先几千年来一直做的那样。他们陪伴在逝者身边，在友好、真实的环境中悼念自己所爱之人。殡葬学校不会认可这种观念，至今觉得防腐是为了让尸体保持“卫生”。怪不得布鲁斯说，葬礼承办人总在向家属灌输遗体对公共健康有害这种观念。学校就是这样教的。

我如期毕业，考取了加利福尼亚州葬礼承办人职业资格证。考虑到我个人的经济现状，“洛杉矶殡仪馆”的梦想得先搁置一下。来殡葬学院上学让我欠了一屁股债，目前我既没有启动资金，也没有足够的经验创业，必须再在殡葬业找一份工作。

其中一个选择是去日本，那里急需在美国和加拿大受过培训的防腐师。最近几年，防腐才在日本兴起，被日本人称为“死亡医学”。有一个住在日本的加拿大防腐师说，为了让防腐看上去更符合医疗程序，他们甚至给遗体缠上绷带。异国他乡的生活固然吸引人，但我可不想把错误的殡葬方法“殖民”给当地人。

迪亚兹教授告诉我，在南加州的殡仪馆找工作可不容易，因为这种工作体力活居多，“随便找个移民来干就行”。虽然教授的文化敏感度不高，但她很诚实，殡仪馆老板就是这么跟她说的。

与旅居异国相反的选择是米特福德的劲敌、有“迪士尼死亡乐园”之称的“森林草坪”公墓。“森林草坪”在南加州有好几处墓园，可谓家喻户晓。四十英尺高的广告牌矗立在洛杉矶，上面画着一对儿裹着白布的老夫妻，他们仰头大笑，手拉手走在落日余晖下的沙滩上。他们深情地望着彼此，享受着自己的金色年华。再往下看时，画面下方的一行小字委婉地提醒你，如果你想为自己的葬礼预订场地，有一处纪念公园可选。

一群“森林草坪”公墓的代表出现在塞普莱斯殡葬学院的走廊里。学校说是给我们举办一场招聘会，但这场招聘会有些“单薄”，因为只有“森林草坪”一家公司。一名代表正在给我们这群毕业生演讲。

“我们的创始人休伯特·伊顿是一名革命者！”她慷慨激昂地说，“你们一定听说过他为殡葬业做出的努力。我们公司拥有理想的工作环境，而且待遇丰厚——许多人一直干到退休。”

这群出现在塞普莱斯殡葬学院的代表全是女性，伊夫林·沃称美国随处可见这种“精致、和蔼、高效的新一代年轻女性族群”。她们身穿灰色套装，空洞的眼神让人不免想起曼森家族。如果你愿意，可以叫她们伊顿家族。此刻，这些人正在为美妙的死亡之旅招兵买马。

我填好了她们要求的一大沓申请表，强迫自己交了上去。她们正在面试班里的男同学，毫不掩饰地流露出对异性的偏好，我只好在旁边等着。

“你好，我想申请葬礼咨询顾问的职位，我在这方面有工作经验。”终于轮到我了。

“现在，我们管这个职位叫‘纪念事务顾问’，但目前不招人。”女代表说道，“你不想当防腐师吗？”

“嗯……不想。”

“这样的话，也许你会对我们的实习生项目感兴趣。我们将挑选合适的学生在公司兼职，例如在葬礼上为客人引路。哦，等等，申请表上说你今年毕业，那这个项目可能不适合你。”

“不，我其实很感兴趣，我特别想为你们公司工作！”我极力控制住心中的厌恶之情，装出一副期盼的样子。接下来的一整天，我都嫌自己恶心。

随后的几个月，我四处投简历。我觉得自己还是适合在火化间和尸体做伴，感受真正的悲痛和名副其实的死亡。有两家给了我答复：一家高级殡仪馆／墓园和一家火葬场。我决定好好打扮一番，两家面试都参加，然后让命运决定。

第十七章 运尸车

面试我的殡仪馆充满了旧好莱坞的奢华，和“森林草坪”不一样，但非常相似。沿着岔路穿过一道装饰繁复的铁门，你会以为自己来到了奥林匹斯山。一座带着白色廊柱的豪宅矗立在山顶上，宅前还有一个壮观的十二层喷泉。在这种人间仙境，一块单人墓地的价格高达上万美元。

我申请的职位是葬礼承办人，负责面试我的是墓园总经理。几分钟之后，他优雅地走进大厅，手上端着一盘巧克力饼干。他领我走进电梯，然后说道：“来，吃一块饼干吧。”我觉得拒绝人家不太礼貌，但又怕巧克力粘在牙上，只好笨拙地把饼干拿在手里直到面试结束。

出电梯后，我们来到他的办公室，里面有几扇大大的落地窗，俯瞰着整座死亡乌托邦。他向我介绍了这家殡仪馆的优势和劣势，长篇大论达半个小时。如果我被录用，我将负责安排葬礼，但他警告我说："如果死者家属把你当成管家使唤，不要觉得奇怪——他们就是那种人。在这儿，你就是他们的帮手。"

我将负责所有人的葬礼，但名人除外。名流的葬礼均由总经理一手操办。"瞧，"他试图解释，"上个月，一位名人死了，有人把追悼会的时间泄露给媒体，于是狗仔队一窝蜂地堵在门口。我不愿意有人因此对我动粗，也不愿意以这种方式出名，希望你能听懂我的意思。所以，名人的葬礼现在都由我负责。"

这与我理想中的职业有些出入，但至少这家殡仪馆不属于任何一个大型殡葬企业。更妙的是，总经理信誓旦旦地向我保证，我不需要向死者家属推销任何产品，例如价格更高的棺材、额外服务、高级黄金骨灰瓮等，也不需要靠"你确定妈妈不想要一副红木棺材吗？你不觉得应该给她一个体面的葬礼吗？"这种台词挣提成。这里的环境貌似不错，足以抚平殡葬学院对我造成的心灵创伤。

之后，我收到了录用通知书。总经理让我填好税务文件，带我参观了办公室，但之后却音讯皆无，一个月都没和我联系。我误以为能顺利入职，但殡仪馆内部的人事斗争显然比我想象的复杂，因为我随后收到了总经理秘书发来的邮件，简单地告知我他们决定从内部选人填补那个职位。

第二家面试我的机构是个火葬场，和西风火葬场相差无几，也是一个名副其实的尸体处理厂。他们在橘郡有一间大型厂房，每年火化数千具尸体。负责人名叫克里夫，说话的语调极其平淡，和麦克一模一样，我简直觉得这种语气是他们职位要求的一部分。克里夫同样对工作尽职尽责，让业务达到一定规模，这样就能支持他真正的热情所在——西班牙安达卢西亚赛马。我得到了这份工作。

但我的职位不是火葬场营运员，而是运送尸体的司机。尸体所在地不同，大多数火葬场每次只能收殓一至四具尸体。我的运尸车是一辆道奇“赛跑者”柴油型货车，内部装有嵌入式货架，一次能装十一具尸体。如果把其中一具尸体斜靠在架子上，还能放下第十二具。

我拉着十一具尸体在南加州四处奔走——我从圣地亚哥、棕榈泉、圣芭芭拉收殓尸体并带回火葬场，每天都在拖、搬、运。

我在西风火葬场的大部分时间都是自娱自乐，而这份新工作让我成为拼图中的一小块儿——一个特殊的劳动者。这个职位是杰西卡·米特福德影响下的产物，米特福德希望快速处理尸体有朝一日能成为公众的首选，这个职位就是成果。加利福尼亚州再一次在死亡创新中领先，当年的“森林草坪”、米特福德的著作、“火葬预约服务”都是超越时代的产物。

这个火葬场还有三名年轻的拉丁裔员工，都来自洛杉矶东部。他们日夜倒班（包括周末），一刻不停地火化尸体，巨大的火化炉很少有熄火的时候。一个是好男孩马努埃尔，每天都帮我从车上卸尸体；一个是坏小子艾米利亚诺，满身文身，每天都不忘告诉我他想让白人女孩怀孕；一个是丑陋的里奇，因为不喜欢我码放尸体的方式，总把我堵在冷库里恶语相加。

需要收殓的逝者络绎不绝。一个圣诞节前夜，我接到一通圣地亚哥医院负责人打来的电话：“凯特琳，我们这里的尸体太多了，麻烦你今晚过来一趟。”于是，半夜里，当人们在暖暖的被窝里做着美梦时，我开车飞奔至圣地亚哥，然后又飞奔回来。我就像个倒霉的圣诞老人，心情沮丧，运送的货物更让人沮丧：“尸体一直放在冰箱里，希望运尸车能尽快赶到……”

如果说“尸体快运大队长”这个职位有什么好处，那就是思考的时间充裕。作为一名运输尸体的长途司机，我每天要行驶三百五十英里，有充分的时间思考。我有时听有声书（未删节版《白鲸》，十八张光盘，谢谢），有时听基督教电台（一驶出洛杉矶市区，信号就变得极佳），但大多数时间我都在思考死亡。

死亡价值观存在于每一种文化当中。在儿童还没有记忆时，这些价值观就以故事或神话的形式灌输给他们。这些观念伴随儿童的成长，构建出认知框架，帮助他们理解周遭的事物和学习掌控自己的生活。有些文化相信人死后还有错综复杂的来世轮回，有些文化认为在特定的日子里献祭特定的牲畜能带来丰收，还有文化相信由死人的指甲制成的大船载着亡灵大军与众神开战，最终导致世界灭亡（北欧神话永远是“最金属”的那种，抱歉）。

但我们的死亡价值观中出现了令人深感不安或者说令人兴奋不已的成分（取决于从哪个角度来看）。历史上从没有像现在这样，彻底打破传统的遗体处理方式和对死亡的认知。必须推翻传统的特殊情况确实存在，例如战死在异乡的战场上，但大多数时候，人们的后事和自己的父辈甚至先辈经历过的别无二致。印度教徒需要火化，上流埃及人把器官封在瓶子里，维京人和战船埋在一起。现在的文化规范告诉美国人要么防腐后入土，要么火化，但是不再要求我们必须出于信仰和义务而这么做。

从历史上来看，死亡仪式无疑和宗教信仰相关。但随着世界越发世俗化，美国发展最快的宗教就是“无宗教”——

大约百分之二十的美国人没有信仰。就算是那些声称拥有强烈宗教信仰的人，也认为曾经意义重大的丧葬仪式逐渐变得商品化，不再那么有意义。在这样的时代，我们应该有无穷的创造力打造出适合当今生活的丧葬仪式。我们的生活没法与死亡绝缘，但随着时间的流逝，找到处理死亡的世俗化方式愈加迫切。

我创建了一个名为“死亡新秩序”的网站，开始在上面发表文章和宣言，希望能找到志同道合的人与我一起推动改变——杰·瑞姆·李就是这样的人。她来自麻省理工学院，是一名设计师和艺术家，发明了一套供死者下葬时穿的连体衣。这套服装名为“无限寿衣”，外形和忍者服类似，黑色的布料上带有树突状的白色条纹，条纹是她用自己的皮肤、头发和指甲培育而出的菌丝。这一切听起来好像和《超世纪谍杀案》中的未来差不多，但是李正在训练这些“蘑菇”，让它们分解人类遗体时可以去掉尸体内的毒素。

参观了她在洛杉矶MAK艺术与建筑中心举办的展览后，我们约在一辆贩卖墨西哥玉米卷的卡车旁见面，然后坐在拉布雷亚公交站的长椅上，一聊就是好几个钟头。我很高兴能和将尸体处理推向极致的人谈话，她也很乐意能与传统殡葬业的从业者沟通。我们一致认为，鼓励人们接受遗体分解这个必然事实是个崇高的目标。她送给我一桶食肉菌的雏形，我本来想养在车库里，但失败了，估计没喂给它们足够的肉。

几年来，不管是在西风火葬场工作还是在殡葬学校上学，我都不敢公开讨论文化中否认死亡的现象。网络有时不那么友善，特别是对年轻女性而言。我开设了一个俗气的“殡葬师问答”连载板块，里面充斥着歧视女性的留言，能让我伤心难过一辈子。我遭受到的不仅是网络匿名攻击，还有其他殡葬业人员的不满，因为我向公众透露了属于他们特权的“幕后知识”。“我敢肯定，她就是想找点儿乐子。但既然殡葬业与乐趣无关，我绝不会找她安排家人的后事。”时至今日，殡葬业最大的专业协会“国家葬礼承办人协会”都没有承认我。

但随着我越来越大胆，一些人逐渐走出黑暗。如果你愿意的话，也可以说是从棺材里爬了出来。各行各业的从业者——葬礼承办人、临终关怀护工、学者、电影导演、艺术家——都想探寻死亡对生活的影响。

有一次，我突发奇想，写了很多封信。巴斯大学死亡与社会学院教授约翰·特罗耶博士是收信人之一，他写过一篇名为《人类遗体工艺》的博士论文，目前正在研究回收火化余热并另作他用的实例，比如给建筑供暖。英国伍斯特郡就有一家火葬场给当地游泳馆提供暖气，每年为纳税人省下一万四千五百英镑。火化过程由此变得节能——要知道，火化一具尸体和驾车行驶五百英里的耗能相同。虽然我的邮件标题《趣味小妞！》略显粗俗，好在特罗耶博士还是愿意与我交流。

能找到和自己志趣相投的人令我松了口气，我不再背负污名，也不再徘徊于社会的边缘。这些人通过自己的实践改变人们与死亡的关系，揭开死亡的面具，努力帮助人们直面这个无法逃避的真相。

这个使命让我充满动力。表面上看，我是一名运送尸体的司机，每周三次载着十一具尸体从圣地亚哥出发，沿着五号州际公路行驶。通过入境检查站时，我慢慢把车开到巡检处，这辆巨大的、毫无标记的白色货车比其他车道上的普锐斯和沃尔沃看起来可疑多了。我非常希望警察把我拦下，让我从自己的胡思乱想中解脱出来，哪怕只有一小会儿。我想象中的场景如下：

“女士，你车里应该没有移民吧？”

“没有移民，长官，只有十一个普通人。”我摘下墨镜回答道，“他们以前都是美国公民。”

“以前？”

“哦，警官，他们已经死了，真的。”

很遗憾，每次轮到我时，这些警察只要看到开车的是白人女性，二话不说就立刻放行。照这样下去，我不仅能让几百个墨西哥人藏在火化纸箱里偷渡到美国，还能运毒，看来我很快就要发大财了。

由于很多时间都是在路上度过的，所以我现在尤其担心车祸，生怕在高速上翻车。我想象着货车的后门被猛然撞开，十一名乘客陆续滚出。面对一片狼藉的现场，警察困惑不已：为什么十一个死者全身冰凉，一点儿外伤都没有？

一旦真相败露，他们发现这些人早在车祸前就死了，我就出名了。我的恶搞图片在网上疯传，因为有人用修图软件把我的头像放在卷着尸体的龙卷风上。对，就是《绿野仙踪》里的那种。

幸运的是，我每天都顺利地载着十一具尸体回到火葬场。我把车停在厂房后面，总能碰上艾米利亚诺在停车场拉手风琴，他那辆凯迪拉克里的音响播放着震耳欲聋的墨西哥音乐。我从车上卸下尸体时，那就是我的背景音乐。

不过，有一次我差点儿丧命。那天，我穿行在加利福尼亚州的索尔顿湖，开的不是运送尸体的白色货车，而是我那辆古老的大众。索尔顿湖是人工修建的咸水湖，位于南加州沙漠正中心。二十世纪六十年代，有人提议将其改造成类似棕榈泉那样的度假胜地。然而现在，那里没有马提尼，没有夏威夷草裙舞，没有冲浪，取而代之的是废弃的房车和棕色的沼泽，臭气熏天，令人难以置信。鱼类大量死亡，湖边沿岸堆满了死鱼和鹈鹕尸体。沙滩看起来还算令人满意，殊不知里面其实埋着成千上万具风干的遗骨。我从洛杉矶开了四个小时的车前来朝圣，只为一睹衰败的残象。有人觉得这纯属废墟色情迷的做法，但我想在这个不适于人类居住的地方，目睹自然是如何向人类的傲慢宣战的。

我沿着三十五英里长的湖岸线向北驶去，中途在路边见到一匹死去的郊狼。与偶尔在洛杉矶市内现身的小型郊狼不同，这是一头舌头发黑、体格庞大的野兽。我掉头返回，仔细检查了它的尸体。当地人开着卡车和全地形车从我旁边经过，向我投来怀疑的目光。

这匹郊狼也许是个凶兆，索尔顿湖的鱼类坟场也有可能，高尔夫球车里身穿"橘滋"粉红运动套装的老太太说不定也是。他们都可能是不祥之兆。

夜幕降临，我动身返回洛杉矶。十号州际公路途经棕榈泉，向西行驶的四条车道塞得满满当当，都是周末狂欢后准备回家的游客。我以七十五英里的时速行驶在最内侧车道，这时车身左后方开始震动，发出"砰"的一声闷响，我知道车胎爆了。我打开转向灯，试图驶向外侧车道，但没有成功。

现在看来，爆胎还不算最糟的。此时，轴承已经松动，轮胎马上就要脱落。随着螺栓断裂，原本装有轮胎的地方只剩一个大洞。

我的车成了三轮车，很快失去控制，在公路上疯狂打转，螺旋式穿过四条车道。金属车身蹭着沥青路，留下一道道火花。混乱中，时间仿佛凝固了，一切都变成了慢动作，车内寂静无声。对面车流的灯光变得一片模糊，那些车好像进入了一个缓冲区，神奇地避开了我。

比起失控和当代生活的孤独感，这场车祸引发了我最大的恐惧，即佛教徒和中世纪天主教徒口中的“恶终”——毫无准备的死亡。现代人可以理解为在事故中粉身碎骨，没有机会向所爱之人表白爱意，所有计划全部被打乱，没有告知别人如何料理自己的后事。

当我双手紧握方向盘试图夺回控制权时，我的思绪又飘走了。一开始，一个声音在我脑海中说：“哦，跟我来吧。”周遭立刻安静下来。随后响起《月光奏鸣曲》，一切又恢复成慢动作。我不害怕。我意识到，车虽然翻了，但并不意味着恶终。四年来，我一直与死者和死者家属打交道，此时正是超凡体验的时刻。我蜷起身，等待最后的猛烈冲击。这一刻始终没有到来。

车最后撞在高速边缘的土坡上。我还活着。我站起身，看着迎面而来的车辆快速从我身边驶过，任何一辆车（或者好几辆车）都可能在我翻车时撞上我，但这一切并未发生。

我曾经特别害怕自己的尸体四分五裂，现在不会了。我害怕失去控制，所以才怕死无全尸。这次，我在高速公路上翻了车，可谓失控的终极状态，但我感觉到的只有平静。

第十八章 死亡艺术

《战胜诱惑》是一幅十五世纪中期的德国木版画，主人公是一位卧床不起的垂死之人，天堂和地狱的使者围绕在他身边，争夺他的灵魂。画中的魔鬼有一张猪的面孔，伸出爪子企图将他拖进火热的地狱。他的上方簇拥着一群天使和钉在十字架上的耶稣，后者正领着一个小号的主人公（应该是他的灵魂）升入天堂。在这场争夺战中，主人公看起来异常安详，仿佛充满了禅意，脸上的笑容好像在对观者说：是的，我就要死了，这我知道。

问题来了：我们怎么才能像这个人一样？他冷静地迎接自己的死亡，为死神的到来做好准备。

这幅木版画代表了中世纪晚期流行的一种题材：死亡

艺术。死亡艺术就像是指导手册，专门教基督徒如何获得善终。例如，忏悔罪过后才能升入天堂。这种观念将死亡看作一种“艺术”或“实践”，而不是没有情感的生物过程，因此具有非凡的鼓舞人心的作用。

现在的社会没有“死亡艺术指南”一说，所以我决定亲自撰写一部。这不仅事关宗教，还关系到日益增多的无神论者、不可知论者和追求“精神寄托”的人。对我来说，善终意味着做好了死亡准备，一切安排得井井有条，好消息和坏消息都及时通知给相应的人；意味着临死前，我的头脑仍旧清晰，身体没有遭罪；意味着接受死亡是不可避免的事实，不做无谓的反抗。这是我的理解，但就像传奇心理治疗师卡尔·荣格所说：“我对死亡的看法对你用处不大。”你与死亡的关系只和你自己有关。

不久前，我从洛杉矶飞往里诺，坐在我旁边的是一名日本中年男子。他津津有味地读着一本叫作《痔疮研究》的医学期刊，封面上印着肛管连接处的特写照片，给胃肠病学家看的杂志貌似不再用日落或山峰这种隐喻性图片当封面了。而我手中拿的是一本行业杂志，封面印有“腐烂专刊”几个大字。我们两个人相视一笑，彼此心照不宣，深知对方手里的不是什么大众读物。

他做了一番自我介绍，告诉我他是医生，也是医学院的教授。我则告诉他我是殡葬者，正试图让更多的人参与到对死亡的讨论中来。得知我手头上的工作后，他说道："太好了，很高兴你能这么做。到二十世纪二十年代，医生和护工将大量稀缺，但现在没人愿意谈论这个话题。"

我们都听过"我们生活在死亡之中"这句话。是的，我们从出生之日起就开始走向死亡。但由于有先进的医疗技术，大多数美国人都将以积极的状态面对死亡。美国人口增长速度最快的部分就是八十五岁以上的人群，我把他们叫作"激进的老年人"。到了八十五岁，你很有可能惨遭阿尔茨海默病或绝症的折磨。而且数据显示，你有百分之五十的概率在养老院离世，质问自己到底用生活质量还是金钱来衡量过得是否幸福。以前，人们可没有慢慢死去的机会，一天之内就断气了。十九世纪的老照片中经常出现早逝的年轻人，他们的尸体还未腐烂，看上去像活着一样，死因通常是患有猩红热和白喉。一八九九年，只有百分之四的美国人口超过六十五岁——八十五岁？想都别想。现在，躺在病榻上几个月甚至几年，死神才会降临。医学给了我们一个为自己守灵的"机会"（请按照广义概念理解）。

很多尸体会让人恶心，无头尸和在水里泡了几天的浮尸就很吓人，后者的绿色皮肤几乎呈条状脱落，但没有什么能比褥疮更容易让人产生心理阴影。"褥疮"的英文是

decubitus，源于拉丁语 decumbere，意思是“躺着”。根据惯例，长期卧床的病人每隔几个小时就要跟摊煎饼似的翻身，避免身体重量压迫骨头、内部组织和皮肤，造成血液不流通。如果血流不畅，压迫的部位就会溃烂，生成褥疮，长期躺在床上不动的病人就会如此。这种情况在人手不够的养老院很常见。

也就是说，这些病人还没死就开始腐烂，活生生地被坏死的组织吞掉。有一具尸体我这辈子都忘不掉。那时，我还在西风火葬场上班。她是一名九十岁的非裔美国人，死在一家条件极差的养老院。在那里，不用卧床的病人只能无精打采地待在房间，直愣愣地盯着墙壁发呆。我把她翻过来清洗后背时，惊讶地发现，她的后背下方有一个足球大小、皮开肉绽的大洞，恐怖得就像地狱之门。从这个伤口，你就能看到我们悲惨的未来。

我们还没有（将来也不会有）资源妥善地照顾越来越多的老年人，只好坚持用医学干预延缓他们的生命。如果让他们顺其自然地死亡，那就等于宣告现代医疗系统的失败，而我们通常认为这个系统应该万无一失。

外科医生阿图 · 葛文德在《纽约客》上发表了一篇杀伤力极大的文章，主题是人口老龄化。他写道：“许多关于老年人的畅销书都使用‘明年更年轻’‘不老泉’‘永恒’‘性感晚年’等作为标题，但回避现实是要付出代价的。举个例子，社会需要改变，但我们没有及时做出这种改变……未来三十年内，八十岁以上的老人将和五岁以下的孩子一样多。”

我的飞机邻座——那位胃肠病学家兼大学教授，每年都要面对一群心怀畏惧的新生。鉴于老龄人口不断增加，他希望多给几个班开设老年病学（研究老年人疾病与疗法的学科），但每次都以失败告终。医学院的学生不愿选修老年护理专业，因为工作内容过于生猛，收入却不高。所以，毕业生里有那么多整容医生和放射科医生也不足为奇了。

葛文德还写道：“我咨询过约翰·霍普金斯大学老年病学教授查德·博尔特，什么方法可以保证我国拥有数量足够的老年病医生为日益增多的老年患者服务。‘没有，’他直接说道，‘现在为时已晚。’”

邻座医生的开放姿态打动了我（我和他绝对志趣相投，真的），他说道：“我告诉临终的病人，我可以延长他们的寿命，但不能保证可以治好他们。如果他们想活得再久一点，就要承受痛苦和折磨。我不想这么残忍，但他们需要理解诊断的结果和医学的极限。”

“最起码，你的学生可以从你身上学到这一点。”我满怀希望地说。

“差不多吧，但问题是，我的学生从不想给出临终诊断。我不得不一再询问：‘你们有没有给病人完全解释清楚？’”

“难道他们……不告诉人家快不行了？”我错愕不已。

他点点头，说：“因为他们不愿面对自身死亡的命运。他们宁愿参加八次解剖考试，也不愿面对一个垂死之人，医生、老年人和我的同龄人在这方面甚至更糟。”

我的外婆露西尔·凯普八十八岁时脑部出现了问题，但她的身体一直活到九十二岁。那晚，她半夜起来上厕所时摔倒了，头部撞到咖啡桌，导致硬脑膜下血肿（医学术语，就是颅内出血）。外婆在康复中心待了几个月，和一个名叫艾黛儿特劳·张的女人（我提到她是因为这是我见过的最棒的名字）住同一间病房，然后就回家了。但外婆再也不是以前的样子了，脑损伤让她有些神志不清——我实在想不出还能用哪些花哨的医学词语来形容。

即便脑损伤，她依然挺了过来，而在事故发生前，她曾一再强调：“看在上帝的分儿上，以后别让我遭罪。”现在，她却痛苦地困在生与死之间。

脑部出现血肿之后，图图（指外婆）总会讲起自己摔倒受伤的经历，篇幅冗长，情节奇幻。我最喜欢的版本是，火奴鲁鲁市政府邀请她在市政厅入口处创作一幅壁画。当她兴致勃勃地带领一群画家爬树取景时，一根树枝突然断裂，她重重地摔在了地上。

在一个令人难忘的夜晚，图图以为我的父亲是个企图偷她珠宝的维修工人——他俩其实已经认识四十多年了。据她所说，我外公（几年前死于阿尔茨海默病）死后还继续与她见面，跟她分享机密信息，比如政府暗杀了“戴顿爷爷”，因为他是唯一知道卡特里娜飓风后大坝决堤真相的人。

图图就是常人口中所谓的剽悍的老太婆，烟不离手、酒不离口，直到生命的最后一天，但她的肺始终像婴儿的皮肤一样粉嫩（这种情况实属罕见）。她在中西部地区长大，当时正值经济大萧条，每天只能穿同一条裤子和裙子，一穿就是一整年。她和我外公结婚后，二人在很多地方生活过，从日本到伊朗，于二十世纪七十年代定居夏威夷。他们住的地方离我家只隔一个街区。

摔伤之后，图图在市中心的退休公寓过着示巴女王一样的生活。一个叫瓦莱丽的萨摩亚女人负责照料她，每周七天、每天二十四小时陪在她身旁，奉献度堪比圣人。瓦莱丽陪图图走完了生命的最后一程。哪怕图图的身体每况愈下，瓦莱丽也坚持每天早上扶她起床，给她洗澡、穿衣（还不忘给她戴好珍珠项链），带她出门遛弯。有时，图图情况不佳，出不了门，瓦莱丽就体贴地给她点上香烟，把电视调到

CNN 频道。

人们开诚布公地承认死亡至关重要，其中一个原因就是大多数风烛残年的老人都不会像图图那么幸运，拿着高额退休金，享受全天候看护，连床都是可调式记忆泡沫款。图图是这场悲剧中的例外。正是因为老年人的数量逐渐扩大，我们才联想到自己的命运，把他们置于盲点。大多数老太太（女性在老年大军里占绝对优势）在人满为患的养老院里痛苦地等待解脱。现实就是这么残酷。

如果我们拒绝与所爱之人谈论死亡，没有预先立下遗嘱，没有确认是否签署《不予急救同意书》，没有敲定葬礼安排，我们就是在葬送自己的未来……同时也在毁掉当下。对于生命垂危的患者如何善终这一问题，我们不仅没有引发有关死亡的社会讨论，反而欣然接受不可容忍的极端案例：寡居在奥克兰的安吉丽塔不堪忍受关节炎的病痛折磨，把塑料袋套在头上自杀了；洛杉矶的维克多第三次化疗失败，于是在家中自缢，尸体被自己的儿子发现。还有那些无数长有褥疮的遗体，比婴儿和自杀者更令我揪心。当他们出现在殡仪馆时，我能做的只有向他们的家人表示同情，并且努力不让更多人因社会的沉默而丧失死亡的尊严。

即使知道自己将在漫长的痛苦中死去，许多人也愿意不惜一切代价延长寿命。拉里·埃里森曾是全美第三富有的人，为延长寿命的研究砸下几百万美元，因为“死亡令我气愤，在我看来，它一点儿意义都没有”。埃里森视死亡为敌，以为凭借医学力量就能将其消灭。

难怪只有富得流油的白人男子才会痴迷于长生不老，这些人享尽了特权，认为特权理应无限延伸。我曾经还和这种人约过会，他叫艾萨克，是南加州大学计算生物学博士候选人。他一开始念的是物理专业，后来发现从生物学来看，人类不一定要衰老，便毅然换了专业。“发现”这个词可能有些抬举他，他说：“我有一个设想，将物理原理和生物原理结合在一起，我们就能控制人体机能，永葆青春。结果发现这个领域已经有人捷足先登了，当时我就急了。”我们在吃有机鸡肉做成的三明治时，他跟我解释道。他竟然是认真的。

艾萨克的梦想还包括成为摇滚明星和小说家，他确实尝试过，现在却一头扎进线粒体和细胞的死亡世界中，力图让人类衰老的速度比蜗牛爬得还慢。我决定和他谈谈。“现在人口过剩，”我说道，“到处都是贫穷和灾难，我们连目前还活在地球上的人都养活不了，更别提长生不老的人了！而且试想一下，那些本应活到三百岁的人不巧在二十二岁时意外身亡，岂不是更痛苦？”

艾萨克无动于衷。“这个研究不是为了其他人，”他说，

“是为了我自己。我一想到衰老就害怕。我不想死，我要永远活着。”

死亡也许是生命的终结者，但也是人类创造力的源泉。卡夫卡说过，生命的意义在于终结。死亡让我们勇往向前，促使我们完成目标，去学习、去爱、去创造。几千年前就有哲学家宣告这一奥义，但一代又一代人选择视而不见。正是因为死亡的驱动力，艾萨克才拿到博士学位，探索科学的极限，创作音乐。如果长生不老，他很有可能彷徨在百无聊赖和无所事事之中，丰富多彩的生活只剩下单调和乏味。人类最伟大的成就源于死亡定下的期限。艾萨克还没意识到，正是死亡——他一心想击败的对手——造就了他。

图图去世的那天早上，我正在洛杉矶一家火葬场给骨灰盒贴标签。当了一年的尸体运送司机之后，我跳槽去了一家殡仪馆，负责当地办公室的运营。我和死者家属一同工作，与医生、法医办公室和死亡证明办公室协调葬礼及火化事宜。

我接起一通电话，里面传出我妈的声音：“刚才瓦莱丽给我打电话，她有些歇斯底里，说图图停止了呼吸。我想她已经死了。我现在不知道该怎么办，我以前可以处理得很好，但现在我真不知该怎么办。”

我急忙联系家人和殡仪馆，在电话中度过了那个上午。这和我的日常工作一模一样，只不过这次是我的外婆——一位和我家只隔一个街区，给我提供大学和殡葬学院学费，管我叫“凯特甜心”的至亲。

殡仪馆的人员到达之前，瓦莱丽把图图的遗体放在床上，给她穿上绿色的羊毛衫外套，搭配一条色彩鲜艳的丝巾。我妈发给我一条彩信。“这是图图。”她写道。虽然是手机拍下的照片，图图安详的表情仍清晰可见。这几年，她从未如此安详过，她的脸不再因为搞不懂这个世界而皱在一起。她嘴巴微张、脸色煞白，像一具保留了生前余韵的美丽空壳。我至今保留着这张照片。

我乘下午的航班飞回夏威夷。半睡半醒之间，我梦见在殡仪馆见到了图图。我走进房间，看到一具瘦小的遗体摆在水晶棺材里，她的脸已经腐烂，膨胀成黑色的鼓包。有人给她做了防腐，但怎么看怎么别扭。“你对她的样子还满意吗？”葬礼承办人问道。“上帝啊，不！她看起来可怕极了！”我尖叫着抓起一条毯子把她盖住。我跟他们说过不要防腐，但他们还是做了。

实际情况是，我的家人让我安排图图的葬礼，毕竟从技术上来说，我是专业人士。我们决定办一个简单的遗体告别仪式，然后见证火化。当我们走进瞻仰室时，我猛然醒悟过来，为什么那个新西兰男人（也许是澳大利亚人？估计这将永远成为一个谜）会说“还是以前看上去好”。在金属丝和强力胶的作用下，图图的嘴巴紧闭，看起来一脸痛苦。我太知道这些把戏了。他们还给她涂上了鲜红的唇膏，图图生前从来不用这种颜色。我一直对粉饰死亡深恶痛绝，却让自己的外婆惨遭毒手，真不敢相信。由此可见，殡葬业强行控制着我们的殡葬方式。

我和家人看着棺材中图图的遗体，一个表弟小心翼翼地碰了碰她的手。瓦莱丽带来了她四岁的侄女，小姑娘以前常去看望图图。瓦莱丽让侄女亲吻图图，自己却放声大哭，抚摸着图图的脸颊，用浓重的萨摩亚口音哀叹道：“露西，露西，我美丽的夫人。”她自如地碰触遗体，令我为自己的局促感到羞愧，也为自己没争取到在家中举行葬礼而羞愧。葬礼承办人告诉我妈，根据夏威夷的法律，遗体留在家中超过两个小时就是犯法（其实没有这条法律）。

越早考虑自己和家人的死亡越好。我不是让你像强迫症发作似的，今天担心丈夫出车祸撞死，明天担心自己坐的飞机爆炸，我指的是理性思考。你会发现多糟的事都能挺过去，不管情况有多糟。即使接受死亡，你也会因所爱之人离世而备受打击，但它会帮助你专注于内心的悲伤，而不是考虑“人为什么会死”“为什么这件事发生在我身上”等加重心理负担的问题。死亡不仅会发生在你身上，也会发生在我们所有人身上。

否认死亡的文化正在阻碍人们获得善终。克服恐惧并消除误解绝非易事，但我们不要忘记，我们曾反抗过种族歧视、性别歧视、同性恋恐惧症等社会偏见，近几年效果显著，现在是时候揭开死亡的真相了。

佛教徒把思想比作头脑中的水滴。当你反复想同一件事时，思绪就会形成一股溪流，注入你的潜意识，如同溪水侵蚀山脉那样有力。科学家也认可了这种智慧：我们的神经元每时每刻都在变化，有时通路中断，有时形成新的通路。即使你本身自带害怕死亡的“程序”，这条通路也不是一成不变的。我们每个人都有责任学习新知识，形成新的脑回路。

我不会永远是那个因商场意外死亡事件患上心病的小女孩，也不会永远是那个差点儿在红木林自我了断的女人。通过艺术和学术研究，以及与死亡的擦身而过（这是关键），我重塑脑回路，获得了约瑟夫 · 坎贝尔所谓的“人类拥有的更大胆、更整洁、更宽广的充实生命”。

图图遗体告别那天，殡仪馆的主教堂停电了，工作人员决定让另一个家庭使用我们的瞻仰室。他们比我家人多，几十个人挤在玻璃门外，希望我们赶紧完事，给他们腾地方。很明显，我家给他们和工作人员造成了不便。我第三百次想到，如果我坚持在家给图图举办葬礼，那会是多么不一样。

外面聚集的人越来越多，实在不好放任不管，我家决定缩短仪式时间。葬礼承办人推着图图前往火化间，我们几乎是一路小跑跟在他后面。还未等到我家人全部到齐，火化工就把图图关进了火化炉里。我怀念西风火葬场。虽然西风火葬场的装潢过于工业化，但高挑的拱顶和天窗（炉门关闭后，克里斯还会点蜡烛）营造出一种开放、温暖的氛围。我觉得我让家人失望了。

总有一天，我会开办自己的火葬场。我不要工业厂房，我要亲切感十足的开放式空间：阳光从大大的落地窗照射进来，一改死亡阴森、恐怖的刻板印象。通过“死亡新秩序”，我结识了两名意大利建筑师，并且有幸和他们一起设计。我们的想法是，阳光透过玻璃照射进火化间，让正在进行火化见证的家庭成员觉得自己仿佛置身于室外，让自然与宁静取代冰冷的工业感。

我还希望联邦和各州、市出台更完善的法律，鼓励自然殡葬、露天火葬和绿色土葬，让遗体在开放的空间中自然分解。但不要以为做到绿色或自然，殡葬就结束了。“埋葬（burial）”一词源自盎格鲁－撒克逊语“birgan”，本义是“隐藏”。每个人未必都愿意藏在土里，我就不愿意。自从迷失在红木林中，我便开始相信吃下的生灵以后也会以我为食。古代的埃塞俄比亚人把死去的族人安放在捕鱼的湖边，让鱼群从人类身上获取营养。大地的作用就是取回它的造物。将遗体安置在规划出的特定空间，就能解决土葬和火化造成的环境问题。我们与死亡的关系没有极限。

我们当然也可以在悲惨的未来越走越远，继续否认死亡，继续让遗体从我们的视线中消失。如果选择这条路，我们将继续活在对死亡的恐惧之中，我们的生活将深受其害。让我们夺回死亡权，大胆无畏地创造当今时代的“死亡艺术”。

第十九章 浪子回头（就当作尾声吧）

时隔四年之后，我又重新站在了西风火葬场的铁门外。浪子禁不住火化炉的诱惑，回家了。我按下门铃，几分钟之后，麦克给我开了门。

“哟，瞧瞧谁来了。”他皮笑肉不笑地说，“讨厌的东西赶不走，烫手的山芋甩不掉。进来吧，我正给尸体取指纹呢。”

我们穿过走廊来到火化间。和五年前第一次踏入这里一样，我心中依旧充满敬畏。一具老太太的尸体躺在房间中央的台子上，身旁铺了四张大白纸，黑色的指纹排列在白纸的边缘处。

“好吧，原来你真是在给尸体取指纹。”我说道，“我以为你又在打比方呢。难道你在做传说中的‘指纹项链’？”我突然想起有的公司用激光蚀刻的指纹做纪念项链，看来连西风火葬场也无法拒绝愈演愈烈的个性化殡葬风潮。

“你说对了。”麦克抬起老人的手，轻轻擦去手指上的黑色印泥，然后重新上色，第N次把她的大拇指按在纸上，“我快得强迫症了，伙计，没有一个能用的。这具尸体今天就得火化，我必须取下一枚完美的指纹。”

麦克中途离开去接电话，我掏出笔记本。我需要为本书积累素材，澄清问题，确保记录无误。我甚至像专业人士那样，煞有介事地和别人预约面谈。麦克面无表情地回到火化间，开口问道：“你整个下午都在，对吧？我需要你去皮德蒙特收殓一具尸体。今天有人举行仪式，我走不开，但克里斯需要帮手。”

我刚进门五分钟，就被派去收殓尸体，好像我从没离开过似的。随时有人大限已到，死神不屈不挠地召唤我去工作。

“真有你的，好吧，我去。”我假装不以为然，其实内心激动得不行，我竟然又和大家一起工作了。

“好极了，克里斯正从法医办公室赶回来。顺便说一句，我没告诉他你今天来，我要给他个惊喜。”

克里斯进门后，脸上的诧异一闪而过，很快就恢复了镇定，说：“我就知道你会回来，凯特。”

我们沿着崎岖的山路开往皮德蒙特时，克里斯问我现在住哪里。

“奥克兰，和朋友们一起。”我说道。

“挺好。也就是说，你不用回罪恶之都了。”克里斯含糊地朝旧金山的方向一指，“听说你正在写‘书’。”他用手比画了一对引号。

“我真在写书，克里斯，不是说说而已。”

“我们这群无聊之徒有什么好写的？你应该虚构一些角色，拿我们做原型，这样效果会更好。”

“我不这么认为，我觉得你们有意思极了。”

“坟堆都比这儿有意思。很高兴你能离开，可惜的是你还在这一行。”

我们停在一栋古老的大宅子前，白色的栅栏上缠绕着葡萄藤。

“这地方不错，算你有运气，凯特。昨天，我碰到一具腐尸，弄了我一身恶心玩意儿。那人住的公寓挺高级，但说不准里面会有什么。”克里斯感叹道，从后备箱拿出担架。

我们把谢尔曼夫人的遗体运回西风火葬场。她是一位美丽的老妇人，八十多岁，有一头蓬松的白发。她的家人清洁了她的遗体，并在上面撒满鲜花。搬上操作台之前，我握住她的手，比活人凉，但仍有生命的余热。这时我意识到，和刚来西风火葬场时的自己相比，我真的变了。当时的我几乎被尸体吓个半死，而现在的我居然认为，没有什么比一具处于自然状态、由家人体面打理过的遗体更优美的了。

卸下谢尔曼夫人之后，克里斯又出门收殓最新的一批婴儿。麦克仍在前面给别人安排葬礼，我有些无聊，决定把谢尔曼夫人放到冷库。我用胶带固定纸箱并贴好标签，一不小心被纸板锋利的边缘划破一道口子，这种情况以前已经发生过无数次了。“啊，不是吧？”我自言自语道。

西风火葬场新上任的火葬场运营员是个年轻女子，名叫谢丽尔。她走进火化间，显然对我的出现感到疑惑。我做了一番自我介绍，她笨拙地和我握了握手，便走了出去。杰瑞本来是我的继任者，但几个月前因癌细胞迅速扩散离世，终年才四十五岁。

这天结束之后，我刚要离开，正好碰上布鲁斯过来查看一周前做的防腐情况。“凯特琳！你最近怎么样？我看过你发在网上的那些视频，你的网站叫什么来着？”

“‘死亡新秩序’。”

“对对，还有你的视频，叫‘殡葬师问答’是吧？好看极了，我喜欢。”

“谢谢，布鲁斯，很高兴你喜欢。”

“你知道你该怎么做吗？我已经给你想好了，你该做一档夜间节目，类似怪物电影的风格，就叫‘殡葬师回答秀’……你那些视频叫什么来着？无所谓了，反正就是这种风格的。你可以找个怪物角色做搭档。二十世纪七十年代时有线电视台播过差不多的，我曾试图让 KTVU 电视台的哥们儿恢复那档节目。要知道，人人都喜欢在周六晚上看怪物电影。你可以模仿尸芬鬼，还有那个女的——‘吸血女郎’，这些可都是经典的邪典角色。”

“我觉得我打扮成‘吸血女郎’的样子一定丑爆了。”

“怎么会呢！别担心，起码你俩发型一样。”布鲁斯安慰我说，“我会和我的哥们儿谈谈。”

我驾车离开旧金山时路过隆德尔大街，我以前住过的粉色公寓被翻修一新，成了一所维多利亚式的优雅宅邸，从上到下都镀金镶边。现在，我房间的租金肯定不止每月五百美元。公寓对面开了一家手工包店，巷尾处还有一家高级摄像器材店，被偷的可能性不小。街旁的便道上全都铺满了亮片。这可不是我熟悉的隆德尔大街，但就像笑话里讲的：“中产阶级的定义是什么？”“比你晚来五分钟的人。”

回洛杉矶的途中，我在海滨小镇坎布里亚找了个寄宿公寓过夜。这里是我在加利福尼亚州最喜欢的地方之一，可我心中充满了莫名的焦虑。

一九六一年的某期《变态心理学和社会心理学期刊》列出七条人类害怕死亡的原因。

一、我的死会让家人和朋友悲伤。

二、我所有的计划和事业都将中断。

三、死亡的过程很痛苦。

四、我没法再有任何人生阅历。

五、我不能再照料需要我照看的人。

六、如果还有来生，我不知道自己会发生何事。

七、我害怕自己的遗体出事。

我的焦虑和来生、痛苦、虚无无关，我也不怕自己死后腐烂。我所有的计划和事业都将中断。我希望帮助他人接受死亡的愿景竟然阻碍我自己接受死亡，真是讽刺。

我在坎布里亚的一家泰餐馆吃完晚饭，准备步行回到公寓。街上寂静无声，一个人都没有。透过浓雾，我隐约看到路前方有个指示牌，上面写着“墓地，距离此处一公里”。我迈开大步，坚定地沿着公路向山上走去——我的步伐迅速、有力，估计远远超出了心脏负荷。满月在云中穿行，月光下，松树闪闪发光，浓雾变成一片诡异的白色。

这条路在坎布里亚公墓前中断。公墓建于十九世纪七十年代，入口处挂了一条细细的金属链，对“入侵者”丝毫构不成威胁。我迈过铁链，穿梭在墓碑间。落叶在我脚下咯吱作响，打破了幽静。一头雄鹿出现在我的前方，硕大的鹿角在雾中隐约可见。我和它一动不动，互相打量着彼此。

喜剧演员路易斯·C.K 曾打趣道，如果有鹿在你乡下的院子里拉屎，在高速路上造成车祸，你就不会觉得它是种“神秘莫测、美丽动人”的动物了。但这一夜，雾中的雄鹿看起来威风凛凛，我最好相信它是神的使者。

几分钟之后，它穿过墓碑回到树林。我这才发现自己走不动了，不管刚才上山时有多矫健，那股兴奋劲儿已经过了。我差点儿摔倒在地，幸好柔软的松枝接住了我。这棵松树的两边各有一块墓碑，一边是霍华德·J. 弗兰纳里(一九〇三至一九六三)，另一边只有一块金属牌，写着“一个翱翔的灵魂，一颗平静的心”。

我靠着霍华德·J. 弗兰纳里歇了好一会儿，直到云开雾散。一轮白色的明月挂在天上，黑色的夜空中闪烁着成千上万颗星星。

银色的月光下，万籁俱寂。没有蟋蟀，也没有微风，只有月亮和老石碑。我想到，我们的文化一直在强调夜晚的墓地是多么吓人：闪着红色双眼的幽灵在空中飘浮，僵尸从坟里伸出一只肿胀的烂手，幽怨的管风琴，惊叫的猫头鹰，吱吱作响的大门。这些都是老掉牙的把戏，每一样都会破坏死亡的沉寂和完整性。但也许这就是我们发明这些把戏的目的，因为我们无法理解这片寂静的含义。

此时，我的血液在血管中奔腾，我恢复了体力，继续向前走，脑海里浮现出无数个明天。是的，我的事业会因为我的死而中断。我没法选择肉体死亡的方式，但可以选择死亡的心态。不管我终年二十八岁还是九十三岁，我都要心满意足地死去，然后坠入虚无，让我的原子化作笼罩树林的浓雾。死亡之寂也好，墓地之寂也罢，都不是惩罚，而是对美好生活的回报。

致谢

写一本关于死亡的书需要一整村的人。有这个说法吧？这样的形容对极了。现在，请允许我向以下各位致以感谢，本书得以顺利出版，他们功不可没。

感谢诺顿团队的出色工作，他们专业得让我有些不自在。他们是瑞安·哈里顿、史蒂夫·考尔卡、艾琳·史奈斯基－洛夫特、伊丽莎白·可儿，以及其他无数人。

特别感谢我的编辑汤姆·梅耶对我关照有加，而且严格修改我用错的动词。祝福你的孩子和你孩子的孩子，汤姆·梅耶。

感谢罗斯·允代理公司，尤其是安娜·斯普洛－拉蒂莫，她对我无比关照，像牵着号啕大哭的小孩走出树林似的陪我走完出版全程。

还要谢谢我的父母，正直的约翰 · 道蒂和史蒂芬妮 · 道蒂。即使自己的闺女选择在殡葬业谋生，他们也一如既往地给予她爱和支持。妈，我估计我拿不到奥斯卡奖了……所以，我先就此打住。

如果没有大卫 · 福瑞斯特和玛拉 · 塞勒，我真不愿意想象自己会悲催到什么地步。

我意识到这本书让我看起来好像交友无能，我其实……嗯……还是有朋友的。他们游荡在世界各地，是一群才华横溢、温柔体贴的好朋友。他们会对我说 ：“你要去当殡葬师？我看行，是你的风格。”

在我创作本书的几年中，下列这些朋友被我的初稿折磨了一遍又一遍：威尔 · 怀特、威尔 · 索堪比、莎拉 · 弗纳斯、亚历克斯 · 弗兰科和乌莎 · 赫洛德 · 詹金斯。

比安卡 · 达尔德 – 范 · 伊尔索和吉莉恩 · 卡恩极力帮助我保持头脑清醒，殡葬学院的同学佩奥拉 · 卡萨雷斯也同样帮了大忙。

超级律师伊凡 · 赫斯一直避免让我惹祸上身。

“死亡新秩序”的会员和广大另类网络社区为我的日常工作提供了灵感来源。

感谢《耶西别》杂志的编辑多黛 · 斯图尔特，因为你，这本书才引起人们的注意。

最后，我要感谢那些将我领入殡葬业的人。在他们的教导下，我成长为一名守道德、肯勤奋的葬礼承办人。他们是迈克尔·汤姆、克里斯·雷诺兹、布鲁斯·威廉姆斯和杰森·布鲁斯。说实话，直到见识了外面冷酷无情的殡葬世界，我才意识到能在一家安全、专业、运营良好的火葬场工作是多么幸运。这家就是西风火葬场。

关于文献

加勒比海裔美国作家奥德烈·罗尔蒂曾写道：“没有什么想法是新的，只是利用新表达重新阐述一番。”为了完成本书，我花了六年时间研读哲学和历史，并将这些知识和我在殡葬业的工作经验结合到一起，也算是用新表达重新阐述吧。

有许多影响力非凡的文章，我在本书中只引用了一些皮毛。建议读者阅读原文，特别是厄内斯特·贝克尔、菲利普·阿雷兹、约瑟夫·坎贝尔、卡洛琳·沃克·拜纳姆和维克多·弗兰克尔的作品，你们将进一步理解自己与生命和死亡的关系。

在火葬场工作期间，我注册了一个秘密博客“灵魂沙龙”，二〇〇八年之后就没再更新过。

我很幸运能得到这些同事的全力支持：麦克、克里斯和布鲁斯。他们不仅同意我使用他们的真名，接受我的访谈，还在我撰写本书期间多次为我提供后续支持。希望读者在阅读本书时，能感受到我对他们本人和对他们工作的无限敬意。

通过“死亡新秩序”，我有幸结识了顶级的死亡学学者和殡葬专业人士，他们充足的图书馆资源、丰富的工作经验、满腹另类病态的知识堪称无价之宝。